सात समन्दर तेरह नदियाँ

सात समन्दर तेरह नदियाँ

मनोरमा विश्वाल महापात्र

अनुवाद

पद्मश्री डॉ. श्रीनिवास उद्‌गाता

वाणी प्रकाशन

वाणी प्रकाशन

4695, 21-ए, दरियागंज, नयी दिल्ली 110 002

शाखा

अशोक राजपथ, पटना 800 004

फ़ोन : +91 11 23273167 फ़ैक्स : +91 11 23275710

www.vaniprakashan.in

vaniprakashan@gmail.com

SAAT SAMANDAR TERAH NADIYAN

by Manorama Vishwal Mahapatra

Translated by Padmshri Dr. Shrinivas Udgata

ISBN : 978-93-5229-044-4

Travelogue

प्रथम संस्करण

मूल्य : ₹ 250

हर्ष प्रिंटर्स, दिल्ली-110 093 में मुद्रित

वाणी प्रकाशन का लोगो मक़बूल फ़िदा हुसेन की कूची से

जिसकी बातें गीत बन जाते थे,
आज वह है नहीं।
उसी छोटे भाई सरोज की याद में।

अनुक्रम

कॅरीना के लिए भारत दूर आकाश का तारा

आजकल विश्वभर में अकेलेपन का बोझ ढोते राह चलने की घटना मुझे कभी-कभार बेहद परेशान करती है। अवश्य यह अकेलापन भारत को भी लील चुका है, कहना गलत नहीं होगा। आज तो आत्मकेन्द्रिकता में जीना एक तरह से गुरुत्वपूर्ण लगने लगा है। हम मानो आज एक विच्छिन्न टापू के समान बन चुके हैं। असहायता में बोझिल समय। आज आदमी कोई कम लाचार नहीं है। स्वीडन के गॅटलैण्ड में उस दिन मैं इसी भावना से अनमनी हो गयी थी। उस दिन मुझसे गॅटलैण्ड विश्वविद्यालय की शोधकर्त्री कॅरीना जैकबसन ने विस्मित हो पूछा—'क्या भारत में कोई भी अकेले जीना पसन्द नहीं करता?' अकेले का अर्थ है स्वतन्त्र होकर जीना। मैं उस दिन कॅरीना को समझा न सकी कि हमारी भारतीय मानसिकता और उस देश की मानसिकता बिल्कुल समान नहीं है। हमारे देश में पारिवारिक सम्बन्ध क्या है वह कैसे समझ पाएगी। एक-दूसरे पर निर्भरशील होकर हम जीना पसन्द करते हैं। वृद्धावस्था में हमारे देश में युवावर्ग पिता के सहारे की लाठी बन जाता है। वृद्धाश्रम में भेज कर वह चैन की साँस नहीं ले सकता। हालाँकि अब भारत में भी वृद्धाश्रम बनने लगे हैं। किसी अनहोनी को टाल जाने के लिए अनेक वृद्ध माता-पिताओं ने वृद्धाश्रम में समय के साथ समझौता भी कर लिया है। सम्पन्न बेटे भी माँ-बाप को वृद्धाश्रम में भेज कर आत्म सन्तुष्ट हो जाते हैं। भौतिकवादी विश्व में शायद आवेग का झरना सूख चुका है। भारत के लिए शोधकर्त्री कॅरीना के मन में बहुत सम्मान है। वह भारत से बेहद प्यार करती है। वह एक दिन भारत जरूर आएगी।

मैंने देखा, वे अकेले में जिन्दगी गुजारने के आदी हैं। केवल स्वीडन ही नहीं, अकेले जीने की आदत से कमोबेश सभी राज्य ग्रसित हो रहे हैं।

वह भारत आएगी तो देखेगी, यहाँ के लोग भी उसके देश की भाँति बूढ़े माँ-बाप को वृद्धाश्रमों में भेज देते हैं। अपने पास रखकर परेशानी मोल लेना यहाँ के बेटे-बेटियों को पसन्द नहीं है। हो सकता है उसके सपने भी उसी से टूटकर बिखर जाएँ। वह जिस भारत को जानती है वहाँ बेटियों को, माताओं

को देवी की मान्यता प्राप्त है। परन्तु, उन देवियों की सुरक्षा तक डाँवाडोल है, उसके बारे में वह कभी सुनी नहीं होगी। कॅरीना एक मकान में अकेली रहती है। अकेले जीवन गुजारना उनकी संस्कृति है। सुदूर स्टाकहोम में उसका एक पुरुष साथी है। बीच-बीच में उसके साथ कॅरीना की भेंट होती है। कभी-कभार स्टाकहोम में तो कभी समन्दर से घिरे गॅटलैण्ड में। मुलाकात होने पर वह साथ-साथ घूमते हैं। सागर तट पर बैठे बातों का पिटारा खोलकर बतियाते हैं। तो फिर कभी बॉलटिक सागर की लहरों पर झूला झूलते समुद्री चिड़ियों को ताकते रहते हैं। फिर एक-दूसरे से बिदा लेते हैं। और उसी अकेलेपन को लौट चलते हैं। कॅरीना कहती है—उन्होंने शादी के बारे में कभी सोचा तक नहीं है। विवाह, घरसंसार ये सारे बन्धन बेड़ियों की भाँति कठोर हैं। अकेलेपन से वे बेहद खुश हैं। स्वीडन में डिवोर्स भी काफी होते हैं। ओडिआ चित्रशिल्पी पी.के. महानन्दिया ने एक सुन्दर स्वीडिश लड़की से शादी की है। भारतीयों की तरह वे जिन्दगी गुजारते हैं। यही, थोड़े ही दिन पहले कॅरीना ने लिखा था कि वह भारत आने के लिए पैसे जुटा रही है। क्योंकि भारत उसके लिए दूर आसमाँ के तारे के समान है। उसने भारत के परिवेश को कहाँ तक समझा है, मुझे मालूम नहीं।

फिर मैं यह जानती हूँ, दूर पहाड़ सदा मनभावन होता है। कॅरीना आएगी तो देखेगी लोग यहाँ भूखे-प्यासे किस तरह कीड़े-मकोड़ों की तरह मरते हैं। बाढ़ लोगों के जीवन को कैसे तहस-नहस कर देती है। भूख की तड़प को झेल न पाकर माँ किस तरह अपनी ही सन्तान को बेच डालती है। कभी-कभार आत्मघाती होने से भी नहीं कतराती है। देवता को सन्तुष्ट करने के लिए नरबलि चढ़ाना तो एक सामान्य-सी बात है। वह न आये तो ही अच्छा है। इसी तरह सुन्दर सपने की भाँति दूर से भारत को देखकर मुग्ध होती रहे।

मैं जहाँ कहीं, जिस किसी भी देश में पहुँची हूँ वहाँ के कवि-लेखक भारत की बेहद प्रशंसा करते हैं। मुझे मालूम नहीं कि उनके विश्वविद्यालयों में भारत को लेकर क्या-क्या पढ़ाया जाता है। उन किताबों में क्या भारत एक गरीब देश है, लिखा हुआ होगा? अकेलेपन का वायरस हमारे देश में किस देश से आया है? हम अपने विद्यार्थियों को तो उस प्रसंग में कुछ बात भी नहीं पाए हैं। बस यही कहते हैं कि हमारा भारत महान है। अपना देश स्वर्णप्रसू है। गाँधी, अरविन्द का देश है भारत। अच्छे रोजगार की तलाश में हमारे सबसे अच्छे और प्रतिभाशाली छात्र विदेश चले जाते हैं। और कितने कामयाब छात्र बेरोजगार होने के कारण डिप्रेसन का शिकार हो जाते हैं। उनके लिए यहाँ नौकरी भी कहाँ है? कॅरीना यहाँ आने की तैयारियाँ करने लगी है। उसके लिए सुन्दर सपना-सा है भारत!

इस प्रसंग में मुझे हमारे देश में प्रचलित शिक्षा पद्धति की याद हो आती है। हमारे विश्वविद्यालयों में विद्यार्थी प्रोफेसरों के प्रियभाजन नहीं हो पाते तो वैसे छात्रों का भविष्य किस तरह अन्धकाराच्छन्न हो जाता है, इस तरह के दृष्टान्तों की कोई कमी नहीं है। अनेक अयोग योग्य माने जाते हैं इस देश में। मैं तो उसके आगे इन नाजुक स्थितियों का बखान तक नहीं कर पायी हूँ।...

क्या स्वर्ग यहीं कहीं आस-पास है?

मनुष्य ने हर युगो में स्वर्ग और सुन्दरता की खोज की है। प्रत्येक युगो में जीने के रहस्यों की खोज की है। मृत्यु के रहस्यों की तलाश की है।

मेसिडोनिया में कवितोत्सव का आयोजन हुआ था। उसी समारोह में आमन्त्रित कवि के रूप में भाग लेने के लिए थी मेरी यह ग्रीसयात्रा। ग्रीस नगरी धर्म, संस्कृति और इतिहास की पीठस्थली कहलाती है। एथेन्स में कदाचित सुकरात को विषपान करके सत्य की प्रतिष्ठा करनी पड़ी थी। अलेक्जेंडर द ग्रेट की जन्मस्थली है थेसालोनिकी (मेसिडोनिया)। वहाँ आयोजित था विश्व कविता समारोह। अरस्तू, प्लेटो आदि का देश है ग्रीस।

अगस्त 15 से 25। विश्व कवि सम्मेलन में भाग लेने के लिए मैं दिल्ली से वियना और वहाँ से ग्रीस पहुँची थी। ग्रीस के मेसिडोनिया में अरस्तू स्क्वायर इलेक्ट्रापैलेस होटल में सभी देशों से आये कवि ठहराये गये थे। ओड़िशा में तब शरतऋतु पर वहाँ वसन्त का वर्ण-वैचित्र्य था। ऑलिव के पेड़ फलों से लदे हुए थे। पेरिया तट पर छोटे-छोटे जहाज आकर लंगर डाल रहे थे। दो हजार तीन सौ साल पुराना है इस मेसिडोनिया का इतिहास।

मेरी वह पहली बार की ग्रीस यात्रा कविता के लिए थी। अगस्त 15 से 25 तक ग्रीस के मेसिडोनिया में विश्व कविता सम्मेलन का आयोजन हुआ था। इलेक्ट्रापैलेस होटल में ठहराने की व्यवस्था से लेकर पहले से फैक्स के जरिये हमें पोस्ट कांग्रेस टूर आदि की विस्तृत जानकारी मिल चुकी थी। मेरा मन विदेशयात्रा के लिए जितना उत्कंठित नहीं था, उससे कहीं अधिक मेरे आत्मीयों के मन में आनन्द-लहरी उच्छलित थी। मेरी कुछेक सहकर्मी विशेषकर मीरा आदि से मुझे तब जो प्रोत्साहन मिलता रहा था, अब याद करूँ तो मैं उनके प्रति आभार के बोझ तले दब-सी जाती हूँ। लव एंड पोएट्री के शीर्षक से मैंने वहाँ जिस निबन्ध का पाठ किया था, उसे सर्वांग सुन्दर रूप प्रदान करने के लिए बेटी पूनम और पुत्र प्रतिम दामाद शोभन की भूमिका कोई कम नहीं थी। दोनों अंग्रेजी साहित्य-धुरीण हैं अतः मित्रों के समान मुझे हिदायत देकर उन्होंने मेरी विदेश यात्रा को अधिक

मैसेडोनिया (ग्रीस) समुद्र के किनारे

सफल कर दिया। स्नेह-प्यार के घेरे में, सुकुमारिता में, हवा ओस खाये वह किशोर कोमल वृक्ष आज जो शालप्रांशु महीरुह बन पाया है, वह है इस हिसाबी दुनिया में एक बेहिसाबी इनसान मेरा बेटा प्रीतम। उसी ने मेरी विदेश यात्रा के शुरू से अन्त तक हनुमान से लेकर माता तारिणी तक, आखण्डलमणि से लेकर लक्षेश्वर तक की प्रार्थना जिस आतुरता में की थी, उसकी कोई गिनती ही नहीं है। पता नहीं उसने क्या-क्या मनौती मानी होगी या चढ़ाई होगी। दिल्ली के हवाई अड्डे पर उसकी रोनी सूरत की याद मुझे वहाँ विदेश में बरबस आया करती थी। उसने शायद यही सोचा था, विदेश में कोई हादसा हो गया तो वहाँ कौन है जो माँ की सहायता करेगा। दृढ़ पारिवारिक बन्धन का रक्षाकवच मुझे सदा सुरक्षित रखता है, वह कैसे समझता! पारस्परिक स्नेह, ममता और अभिन्नमतता में जो छिपी हुई सत्ता होती है उसे केवल अनुभव के जरिये समझा जा सकता है। पाश्चात्य देशों में सब कुछ होते हुए भी कुछ नहीं है। वे लोग बेहद स्नेह हीन होते हैं। श्री अरविन्द ने कहा है—'भारत विश्व भर को नेतृत्व प्रदान करेगा', वह दिन दूर नहीं है। भारतवर्ष सभी देशों का गुरु कहलाएगा। सभी संकटों को स्वयं झेलकर आलोक की बाती के समान जलेगा।

मुझे एक भारतीय कवि के रूप में वहाँ सबकी स्नेह-श्रद्धा मिली थी। मेरे देश के स्वर्ण वैभव की पहचान शायद उन्हें मेरी कविता, मेरे व्यक्तित्व तथा मेरी वेशभूषा से मिल गयी थी। लगभग अठारह देशों से पधारे कवियों के समावेश में विश्व कविता समारोह बेहद आकर्षक और भव्य ही हुआ था। ग्रीक की ख्यातनामा कवयित्री मैरिना, जो अंग्रेजी सही-सही समझ नहीं पाती थीं वे मुझे अक्सर मनोरमा इण्डिया के नाम से सम्बोधित करती थीं। श्रीमती मैरिना में अपार भाव प्रवणता थी। उनसे टूटी-फूटी अंग्रेजी के उच्चारण सुनने की ललक सब में होती थी।

ग्रीसीय स्थापत्य कला, संस्कृति और अलेक्जेंडर महान की विशालकाय प्रतिमूर्त्ति के लिए मैसिडोनिया विश्व विदित है। अरस्तू, प्लेटो आदि मनीषियों के लिए यह भूमि तीर्थ में रूपान्तरित हो गयी है। रोज़ काव्यपाठ के उपरान्त सिटी टूर या नगर परिक्रमा होती थी। हजारों साल पुरानी मोनाष्ट्री, प्राचीन गिरजे, विशालकाय दुर्गों के लिए मैसिडोनिया एक स्वप्न-नगरी-सी लगती है। मैसिडोनिया से लगभग 100 किलोमीटर की दूरी पर हाल्किड़िकी नाम की एक समुद्री जगह है। वह एक वीरान जगह है। पास ही है समन्दर। पानी घननील और निस्तरंग पुरी की तरह विशाल विशाल लहरें आती हैं, कभी-कभार। चारों ओर पाइन जंगल से घिर हुआ है।

यह स्थल 'सीक्रेट पैराडाइज' के नाम से प्रसिद्ध है। यहाँ दो हजार साल

पुराने वृक्ष भी हैं। समुद्री हवा सुगन्धित पाइन तथा ऑलिव के पत्तों के साथ आँखमिचौली खेला करती है। मीलों लम्बा समुद्र तट अत्यन्त परिष्कृत व परिच्छन्न है। समुद्र तट की बालुका शय्या पर लेटे सूर्यस्नानरत पुरुष-नारियों का दृश्य अति मनोरम था। ग्रीक ब्यूटी का अनुध्यान मैंने कभी ऐसी निकटता से नहीं किया था। प्राकृतिक सुन्दरता से लेकर मानवीय सौन्दर्य के प्रति मनुष्य में युगों से आकर्षण है। बस से हम कविगण उस हाल्किड़िकी या सिक्रेट पैराडाइज तक आये थे। मैसिडोनिया से यह लगभग दो घंटे की दूरी पर है। हाल्किड़िकी को सिक्रेट पैराडाइज ऑफ ग्रीस कहना निश्चित रूप में यथार्थ है। सड़कें उतार-चढ़ाव, घुमावदार और सर्पिल थीं। सड़क के दोनों ओर विभिन्न भाषा में संगीत मूर्च्छित था। वर्षीयान इजरायली कवि आबाआहरोनी की प्राणोच्छल हँसी के साथ संगीत का प्लावन मेरी भारतीय मानसिकता को चौंकाये हुए था। अमरीकन कवयित्री रोजमेरी वीलसन् सामान्य अन्तर्मुखीन थीं। साठोत्तर उन विदेशिनी को कोई देखे तो उन्हें एक पूर्ण यौवना उज्ज्वल तरुणी मानेगा। हाल ही में वे सेवानिवृत्त हुई थीं। फिर भी उनके देखने के मुखर अन्दाज, आवेगमय बर्त्ताव आचरण से मैं मन ही मन कवि गुरु रवीन्द्रनाथ की विदेशिनी कविता गुनगुना रही थी।

उस समय सुबह के आठ बजे थे। हमारे भारतीय समय के अनुसार ग्रीस का समय लगभग पाँच घंटे पीछे चलता है। यानी उस समय भारतीय समय के अनुसार एक बज रहा होगा। मध्याह्न भोजन का समय। मैंने ग्रीस में जो एक हफ्ता गुजारा है, वह मेरे लिए तो स्वप्न के समान था। वे लोग सुबह के नाश्ते में तरह-तरह के केक, बन्, कॉफी, फलरस, चिप्स, आइसक्रीम आदि लेते हैं। उसी कारण मेरे लिए मध्याह्न भोजन वैसे महत्त्वपूर्ण नहीं था। सेमिनार तीन बजे तक चलता था। उसके पश्चात होटल में आकर एक घंटे के लिए विश्राम। उसके बाद फिर विभिन्न सांस्कृतिक कार्यक्रम शुरू हो जाते। वे कार्यक्रम देर रात तक चलते। उसके बाद रात्रि भोजन। संगीत मानो वहाँ प्राण के समान है। समय-समय पर ग्रीस संगीत के साथ भारतीय उच्चांग संगीत में समानता का अनुभव भी करती थी। खाने के समय पानी के बदले वहाँ सभी तरह-तरह के पेय का इस्तेमाल करते थे। मैंने मिनरल वाटर खरीद रखा था। पानी न पिये तो कैसे जिन्दा रह सकता है! सदा फलरस अच्छा नहीं लगता था।

हाल्किड़िकी, द सीक्रेट पैराडाइज ऑफ ग्रीस धीरे-धीरे पास आने लगी थी। मेरे पासवाली सीट पर एक सत्तर साल के जापानी कवि बैठे हुए थे। दो साल पूर्व वे अध्यापन से सेवानिवृत्त हुए थे। उनका और कोई जागतिक जंजाल नहीं था। व पूर्ण रूप से मुक्त थे। हिरोशिमा, नागासाकी की घटनाओं को याद करके वे

दुःखी हो जाते थे। उन्होंने एक सुन्दर-सी जापानी टोपी पहन रखी थी। भेंटस्वरूप उन्होंने मुझे अपनी एक जापानी कविताओं का संकलन देकर कहा—कभी जापान आएँ तो पहले मेरे मेहमान के रूप में आएँ। भारतीय वेद, वेदान्त, धर्म, दर्शन सब के प्रति मेरा सम्मान है। भारत देवभूमि है। उनसे भावविह्वलित बातें सुनकर मुझे फिर से श्री अरविन्द की वह बातें याद हो आयी थीं—वास्तव में भारत सभी देशों का गुरु कहलाएगा। वह देव मुहूर्त अवश्य आएगा।

बस की गति के साथ कुछ लोग ताल मिलाते-से संगीत के साथ-साथ नाचने लगे थे। सड़क सर्पीली और ऐसी साफ-सुथरी थी कि कहीं भी पड़ी हुई कागज की एक चिन्दी तक नहीं दीखी। अनगिनत मर्सिडीज गाड़ियाँ कतार बाँधे दौड़ती चली जा रही थीं। वह दृश्य मनोरम था। कहीं भी ट्राफिक स्टैण्ड नहीं था। सभी वाहन कम्प्यूटर के जरिये नियन्त्रित थे। रास्ते भर में कोलकाता, दिल्ली की भाँति भीड़ नहीं थी। मुझे लगा मानो यहाँ की जनसंख्या बेहद सीमित है। अलावा उसके, अगस्त से अक्तूबर तक वहाँ ग्रीष्मावकाश था। चहुँओर थी वसन्त की वर्णाभा। डैफोडील, लयजाक फूलों की साड़ी पहनकर ग्रीस अपूर्वा लग रही थी। मैसिडोनिया शहर समन्दर से घिरा था। बड़े स्टीमर और जहाज लंगर डाले हुए थे। समन्दर के समीप काशाविएंका पॅएण्ट अतीत इतिहास का मौन गवाह-सा प्रतीत हुआ। इतिहास का विशाल भण्डार है ग्रीस।

हमारी बस सीक्रेट पैराडाइज तक पहुँच गयी। डॉ. निकोलस जो अरस्तू विश्वविद्यालय में प्रोफेसर थे तथा कविता उत्सव के परिचालक और दिशादर्शक थे। वे जैसे कवियों को कोई असुविधा न हो, उसी की व्यवस्था में तत्पर थे। सहायता देने में चुकते नहीं थे। वे और शिल्पी कॅरीना बहुत पहले ही वहाँ पहुँच चुके थे। समुद्र तट पर एक सुदृश्य अतिथिशाला है। उसे घेर कर पाइन और ऑलिव पेड़ों के तन से सुन्दर ढंग से प्रदर्शन के लिए गिरनार पेंटिंग्स झुला कर रखे गये थे मानो एक एकल चित्रकला प्रदर्शनी हो। और जैसे वे पेड़ ही वास्तव में कला के पुजारी हैं, उसी अन्दाज से मन्त्रमुग्ध हो निरख रहे हैं। सामने दिगन्त विस्तारी घन नील सागर था। कुछेक के अलावा अन्य सभी समुद्र सहित उत्ताल उच्छल हो उठे और कई तो स्वीमिंग ड्रेस पहनकर समुद्र के साथ एकाकार हो गये। उत्तरित साठ वर्षीया महिला में मैंने जिस स्फूर्त्ति का अनुभव किया था, देखकर उससे मैं विस्मित हुई थी। लगातार दो घंटे समुद्र स्नान करके वे लोग एक-एक कर लौट रहे थे। अनेक तट के बालू पर लेट के आसमाँ को विमुग्ध नेत्रों से एकटक देखते जा रहे थे। पाश्चात्य संगीत की धुन व लयकारी के साथ कदम मिलाते उनका नृत्यारम्भ हो गया था। समय प्रायः तीन बजने को आया।

बीच-बीच में शिल्पी कॅरीना आकर मुझे एक-एक आइसक्रीम देती जा रही थी। इन्होंने ही मेरा मैसिडोनिया एयरपोर्ट पर पहले अपने देश में स्वागत किया था। मैंने कॅरीना के लिए एकाधिक कविताएँ लिखी हैं। मेरे माथे पर सिन्दूर का टीका देखकर वह मुग्ध हो जाती थी। बार-बार कहती 'दिस इज योर थर्ड आई'। प्रत्येक सर्जनशील व्यक्ति की वह तीसरी आँख न हो तो वह सर्जक हो ही नहीं सकता। यही मैंने उस दिन उसे समझाते हुए कहा था। शिल्पी कॅरीना के लिए मैंने यह कविता लिखी थी।

"सुनो कॅरीना, तुम शिल्पी, ग्रीस की शिल्पी हो। पता नहीं कितने चित्र बनाये होंगे तुमने अपने देश, अपने समन्दर, ऑलिव की छाँह को लेकर। सबसे पहले तुम ने ही मेरा स्वागत किया था एयरपोर्ट पर। तुम इरानियन किशोरी नहीं हो। न ही हो इस्रायल आइरिस की नारी। तुम शिल्पी हो, जीवन की शिल्पी। तुम नारी हो चिरन्तन नारी। यदि कभी तुम भारत आओ तो देखना वहाँ पेड़ की छाया तले किस भाँति सम्पर्क की डोरी में जीवन बँधा हुआ है। सुनो कॅरीना, मेरा भारत वर्ष वेद-वेदान्त का स्वाभिमानी देश है।"

मध्याह्न भोजन कब का प्रस्तुत हो चुका था। बस नाचना-गाना थमे तब न खाना! मुझे भूख लगने लगी थी। अतिथिशाला के सामने उद्यान में मेजों पर तरह-तरह के खाद्य मानो हमारी प्रतीक्षा कर रहे थे। कई तरह के पकवानों के साथ झिंगू और अन्य तली हुई समुद्री मछलियाँ, सलाद, तरबूज के बड़े-बड़े टुकड़े, दही वगैरह। मैंने तरबूज, सलाद, दही और अन्त में आइसक्रीम खायी। शाम पाँच बज चुके थे। सूरज धीरे-धीरे ढलने लगा था। समन्दर उसी तरह निस्तरंग, पूरे समुद्र से भिन्न। दूर से तैरती आती डोंगियों का दृश्य बरबस याद कराने लगा रवीन्द्रनाथ की 'दिनेर शेष' कविता की। गहन आरण्यक सुषमा पर अन्धकार धीरे-धीरे छाने लगा था। कविगण लौटने लगे बस को हाल्किड़िकी को अलविदा कह कर। मेरे लिए इसी तरह सिक्रेट बन कर रह जाए 'सीक्रेट पैराडाइज'। उसकी रहस्यमयता की खोज करके फायदा भी क्या होगा? स्वर्ग कभी भी अपने अन्तस्थल को खोलकर दिखाता नहीं है। प्रकृति की स्वर्गीय सुषमा को उद्घाटित करके भी क्या फायदा होगा? स्वर्गीय आनन्द, स्वर्गीय स्वप्नों को मैंने अपने मन में सहेज कर रख लिया है। क्या स्वर्ग यहीं कहीं आस-पास है? कस्तूरी मृग की भाँति मैं बस तलाशती जा रही हूँ—पर स्वर्ग तो मेरे अन्दर ही है। वह मैं और कब जानूँगी?

कॅरीना, गॅटलैण्ड और मुरामारिस उपत्यका

स्वीडन का गॅटलैण्ड विश्वविद्यालय। चित्र के समान सुन्दर एक टापू है यह गॅटलैण्ड। यह बन्दरगाह अपनी स्थापत्य कला और पुरातात्त्विक विशेषता के कारण यूरोप भर में विख्यात है। दिगन्त विस्तृत मकई और गेहूँ की खेती। मॅलबेरी, स्ट्रॉबेरी, एपल पेड़ों की स्निग्ध छाँह के साथ भरमार गुलाब के फूल उस द्वीप की सुन्दरता में चार चाँद लगा देते थे। चारों ओर बलटिक् समन्दर की घन नील तरंगें। समुद्र तट पर है उइनो ऑरिव और ग्रीसमास पेड़ों का नीला आस्तरण। इस अरण्य के भीतर सिमिलिपाल की तरह जगह-जगह अरण्य निवास है। सभी अरण्य निवास लकड़ी के बने हुए हैं। सुन्दर कारुकार्यपूर्ण बनावट। प्राणप्राचुर्य तथा जीवनोच्छ्वास से भरपूर हैं ये सभी आवास। यद्यपि स्टाकहोम स्वीडन की राजधानी है, गॅटलैण्ड द्वीप संगीत, कविता तथा स्थापत्य की दृष्टि से कोई कम नहीं। गॅटलैण्ड के चारों ओर प्राचीन दुर्ग-प्राचीरसदृश गम्भीर मुद्रा में खड़ी दीवार है। मुझे वहाँ बारवाटी दुर्ग का स्मरण हो आता था। हमारे बारवाटी दुर्ग का इतिहास भी तो अति प्राचीन है! मुझे लगा गॅटलैण्ड विश्वविद्यालय में संस्कृति तथा भाषा पर अधिक से अधिक जोर देते हैं। प्रत्येक देश की संस्कृति से ही उस देश का यथार्थ परिचय प्राप्त हो सकता है। मातृभाषा के लिए रक्ताक्त संग्राम की उपलब्धि मुझे बांग्लादेश में मिली थी। हर व्यक्ति के लिए उसकी मातृभाषा महान होती है।

मैं गॅटलैण्ड विश्वविद्यालय द्वारा आयोजित लोक-साहित्य सेमिनार में सन्दर्भ निबन्ध पाठ करने के लिए आमन्त्रित थी। विश्व भर से लगभग तीस राष्ट्रों के लोक-साहित्यकार सम्मिलित हुए थे। गॅटलैण्ड स्वीडन में एक सम्भ्रान्त बन्दरगाह का देश है। बन्दरगाह का नाम है विसवी। छोटे बड़े अनगिनत स्टीमर तथा जहाजों की शोभायात्रा मन को बेहद लुभाती है। घंटों तक तट पर बैठे-बैठे समुद्र को निहारते रहो, फिर भी थकान आती नहीं है। पर, हमारे पुरी समुद्र तट की तुलना किसी और से हो ही नहीं सकती। तरंगों पर तरंगें उमड़ आती होंगी और फिर लौट जाती होंगी, उसे एकाग्रता से निहारो तो उतना ही मुग्धकर और

ऑक्सफोर्ड : लन्दन में लेखिका

ऑक्सफोर्ड : लन्दन में लेखिका

वैचित्र्यमय लगता रहता है वह दृश्य। विश्व भर से आये प्रतिनिधि गॅटलैण्ड के पास वाली सुन्दर उपत्यका में आरण्यक सुषमा देखने और वन विहार के रूप में रात्रि भोजन के लिए मुरामारिस से दो बसों में आये थे। इस उपत्यका को घेर कर है विशाल-विशाल ओक पेड़ों का जंगल। अरण्य के भीतर बने सुदृश्य लकड़ी के पाथनिवास में पहले से सभी व्यवस्था हो चुकी थी। भारतीय समय के अनुसार वह समय था मध्यरात्रि, पर वहाँ तो सूरज के ढलने में भी काफी देर थी। बलटिक सागर की पश्चिम दिशा धीरे-धीरे अरुणाभा रंजित होती-सी लग रही थी। सभी प्रतिनिधि मुरामारिस अरण्य निवास में इधर-उधर बतियाने में खोये हुए थे। बीच-बीच में तरह-तरह के पानीय परोसे जा रहे थे। मेरे पास बैठी रोमानियाँ विश्वविद्यालय से आयी साविना और इण्डियाना विश्वविद्यालय की शोधकर्त्री प्रोफेसर मेरीना अपनी चिर परिचित रीति के अनुसार पेयजल के साथ-साथ चिप्स आदि खाने में व्यस्त थीं। सब को मुग्ध और आकर्षित करता वायलिन पर एक करुण धुन की मूर्च्छना गूँज उठी। वायलिन वादक थे गॅटलैण्ड विश्वविद्यालय के प्रोफेसर मेरिटा एकमैन। चमत्कार वायलिन वादन। लोक संगीत की धुनों को भी वे तन्मयता से बखूबी बजाया करते हैं। उसी विश्वविद्यालय की एक और लोक-साहित्य की गवेषिका थीं कॅरीना जैकबसन जो सेमिनार सचिव के रूप में भी सब के साथ सम्पर्क साधे हुए थीं। कभी-कभार ई-मेल से या पत्र के माध्यम से। उनकी शक्ल सूरत तो कवि सच्चिदानन्द राउतराय की इरानी किशोरी की तरह लुभावनी थी। स्वर्णाभ केश, नजरों में सौम्य सरलता और दीर्घाङ्गी वे बड़ी ही धीर स्थिर थीं। उनका घर है स्टाकहोम के पास। गॅटलैण्ड वे स्नातकोत्तर शिक्षा के लिए आयी थीं। पर, इस द्वीप का आकर्षण उनके लिए दुर्वार था। बहुत ही अच्छी नियुक्तियों को तुच्छ मानकर वे इस विश्वविद्यालय में लोक-साहित्य की गवेषिका के रूप में आयी थीं। शोध सन्दर्भ था—कलचरल हैरिटेज-स्टाकहोम जो उनके लिए मानो एक दूर दिगन्त की स्मृति थी। क्योंकि वहाँ उनका बालसखा हैरी रहता है। एक प्रख्यात कम्पनी की नौकरी है उसकी। बीच-बीच में उनकी भेंट हैरी से हो जाती है। विवाह के बारे में उन्होंने अभी तक सोचा भी नहीं है। दोनों के मन में एक-दूसरे के लिए एकात्म मेल है, वह काफी है। यह जिन्दगी भी है तो कब तक की! जीवन में एक- दूसरे के मनान्तर-मतान्तर, असहनशीलता की मानसिकता से तो बेहद भली है वह जिन्दगी। बीच-बीच में रोमानिया विश्वविद्यालय की प्रोफेसर साविना सम्मतिस्वरूप माथा हिलाती जा रही थी। उस दिन कॅरीना ने मुझे अपने घर खाने पर बुलाया था। एक सुन्दर फ्लैट की तीसरी मंजिल पर वह रहती है। झरोखे के पास सुन्दर-सुन्दर फूलों के टव

सजाये हुए थे। उन पौधों में नये-नये पत्तों का अंकुरित होना उसे काफी अच्छा लगता है। पढ़ने की मेज पर दो छोटे-छोटे बच्चों की तस्वीरें थीं। कॅरीना की बड़ी बहन के बच्चे हैं ये। दोनों बड़े ही सुन्दर, डीलडौल में मोहक। समीप ही था रसोई घर। कॅरीना खुद पकाना पसन्द करती है। कहती थी, भारतीय खाना उसे काफी पसन्द है। भारतीयों के बर्त्ताव में जैसी मिठास होती है, उसी तरह खाना भी बहुत ही स्वादिष्ट होता है। भारत और भारतीयों के प्रति कॅरीना का सम्मानबोध और धारणा काफी ऊँची थी, जिससे मैं प्रभावित और विस्मित होती गयी। कॅरीना के फ्लैट की ऊपरी मंजिल से समन्दर साफ दीखता है। समन्दर के साथ कॅरीना की दोस्ती मुझे बेहद गहरी-सी लगी। उस दिन उसने मुझे स्ट्रॉबेरी, मालबेरी के जाम के साथ स्काण्डिनेवियन खाना परोसा था। कॅरीना सब से अलग एक व्यतिक्रम-सी लगी। उसके बर्त्ताव आचरण में एक भारतीय लड़की का सम्भ्रम और ममत्वबोध था। मुझे लग रहा था—कहीं कॅरीना के पूर्वज तो भारतीय नहीं थे? वह न थे तो उसमें ऐसी संवेदनशीलता आयी किस तरह! अधिकांश समय मुझे कॉफी लाकर देते समय मना करती-सी कहती—This is pure coffee-not wine. विश्व भर के देशों से आये प्रतिनिधियों में मेरे लिए उसकी खातिरदारी और निगरानी मुझे कुछ अधिक-सी लगी। विदेश में इस भाँति का बर्त्ताव मानो एक सौभाग्य की बात नहीं है तो और क्या? अनेक विदेशिनियों का बर्त्ताव मुझे बिल्कुल ठीक नहीं लगता था। मुझसे उसने कई बार पूछा होगा—"क्या गॅटलैण्ड भारत की तरह सुन्दर है?" उसने अपनी कल्पना के भारत को शायद सपने में देखा था। उसके लिए भारत देखने का अवसर तो आया ही नहीं है। मैंने उससे कहा था—"गॅटलैण्ड से भी सुन्दर है भारत। हमारा समुद्र है—वहाँ स्नान करने का पुण्य फल मिलता है। हमारे मन्दिर हैं, उन मन्दिरों में कविताएँ लिखी हुई हैं। तुम एक बार भारत आओ तो देखना किस तरह भक्तों की पुकार सुनकर देवगण अनुसरण करते हैं। सब के लिए तुम मुग्ध हो जाओगी। तुम हमारे देश में रह जाना पसन्द करोगी।" मेरे कहते समय वह मुझे विस्मित आँखों से एकटक देखा करती थी। मुझे गॅटलैण्ड का बोटनिकल गार्डन घुमा कर दखाते समय उसकी आँखों में चमक आ जाती थी। उसी पल मुझे लगा मानो वह कॅरीना नहीं है, गॅटलैण्ड विश्वविद्यालय में शोधकर्त्री भी नहीं, मानो वह मेरी ही बेटी है। बेटियाँ भारत में माताओं की प्रतिभूत होती हैं। सुख-दुःख में बेटियाँ ही सहारा, सहायता के लिए आ पहुँचती हैं। यही भारतीय सम्बन्ध की निविड़ता है। किस भाँति गम्भीर नहीं है यह भारतीय मानसिकता। ओडिशा से मेरे अकेले स्वीडन जाते समय बार-बार मेरी बेटी मुझे मेरी अन्यमनस्कता को लेकर सतर्क सचेतन कराती

रही थी। दिल्ली से ब्रिटिश एयरवेज से लन्दन, और उसके बाद स्टाकहोम और गॅटलैण्ड। स्टाकहोम से गॅटलैण्ड जाते हुए समन्दर के ऊपर से उड़ान भरते समय मुझे स्वाभाविक डर-सा लगता था। क्योंकि दूसरे देशों के विमानों के हिसाब से वह विमान छोटा था।

रात्रि भोज शुरू हो चुका था। मैंने कुछ फ्रूटजूस, सलाद और केक खाये। गॅटलैण्ड में रात छोटी और दिन बड़ा होता है। दोनों बसें हमारे इन्तजार में थीं। सब को लेकर फिर लौट चलीं। भारत वापसी के समय कॅरीना मुझे छोड़ने के लिए एयरपोर्ट तक आयी थी। अपने किसी खास और अन्तरंग को विदा करने के उस अन्दाज से मैं अभिभूत थी। कॅरीना उदास आँखों से मुझे देखकर हाथ हिलाते देर तक खड़ी रही थी।

नील उपत्यका, बन्दरगाह और गुलाब द्वीप

गॅटलैण्ड स्वीडन का सम्भ्रान्त बन्दरगाहों का देश है। उस बन्दरगाह का नाम है वीसवी। इसी बन्दरगाह के समीप है विश्वविदित गॅटलैण्ड विश्वविद्यालय। नील निर्जन इस द्वीप का इतिहास अति प्राचीन है। चारों ओर से घेर कर है सागर, बीच में अपूर्व सौन्दर्य विमण्डिता यह अपरूपा गॅटलैण्ड है। सुन्दर स्थापत्य, असामान्य लाइब्रेरी के कारण इस विश्वविद्यालय की ख्याति विश्व भर में है। इस ग्रन्थागार से जन-साधारण से लेकर प्रोफेसर, विद्यार्थी सभी लाभान्वित होते हैं। किसी चित्रकार के द्वारा अंकित भव्य चित्रों के समान हैं वहाँ के प्रासाद भवन। चारों ओर है गुलाब फूलों की वर्णाढ्य सुन्दरता।

विश्वविद्यालय अनुदान आयोग, नयी दिल्ली के द्वारा मनोनीत होकर मैं अन्तरराष्ट्रीय लोक-साहित्य सम्मान में भाग लेने के लिए आमन्त्रित होकर उसी गॅटलैण्ड विश्वविद्यालय में अतिथि के रूप में 13 से 20 अगस्त तक थी। उस दिन गॅटलैण्ड विश्वविद्यालय के प्रमुख प्रवेश पथ के तोरण पर जिन-जिन राष्ट्रों से प्रतिनिधि आये थे उन्हीं की राष्ट्रीय पताकाएँ फहरायी गयी थीं। वह झाँकी अत्यन्त लुभावनी थी। विश्व में भूमंडलीकरण की बात वही याद दिलाती थी। हममें चाहे कुछ भी वैषम्य क्यों न हो सभी लोक-साहित्यकार वैचारिक स्तर पर समान हैं, यह भावना मन में आनन्द संचारित करती थी। अमेरिका, आस्ट्रेलिया, जर्मनी, फ्रांस, फिनलैण्ड, नारवे, थाइलैण्ड, मारिशस, बांग्लादेश, इस्थोनिया और यूक्रेन आदि लगभग तीस राष्ट्रों से प्रतिनिधि लोक-साहित्यकार शामिल होने आये थे। एक अपूर्व गम्भीर वातावरण में अन्तरराष्ट्रीय लोक-साहित्य सम्मान का उद्घाटन गॅटलैण्ड विश्वविद्यालय के कुलपति Inger Osterholm ने किया था। विश्वविद्यालय के एक प्रोफेसर और विद्यार्थियों ने वायलिन पर लोकसंगीत का वादन करके उद्घाटनोत्सव की पृष्ठभूमि तैयार की थी। वायलिन पर लोकसंगीत की मूर्च्छना से सभास्थल मन्त्रविमुग्ध था। वे वायलिन वादक थे विश्वविद्यालय के एक संगीतानुरागी प्रोफेसर। यह एक विस्मयकर बात थी मेरे लिए। क्योंकि हमारे राष्ट्र का एक बुद्धिजीवी प्रोफेसर अन्तरराष्ट्रीय समारोह में संगीत परिवेशित

करे, वह मेरे लिए गर्व की बात थी। उस लोक-साहित्य सम्मान के अध्यक्ष Galitt Hoson Rokom ने अपने स्वागत सम्भाषण में सभी राष्ट्रों से शामिल होने आये लोक-साहित्यकार विद्वानों का स्वागत किया था। विश्वायन के परिप्रेक्ष्य में इस लोक-साहित्य ने आज अपनी जययात्रा शुरू की है। सम्भावना के नवीन सूर्य का आज हमें स्वागत करना है। जीवन के निकटतर होने का समय अब आया है। अब जिन्दगी में नजदीक आने के क्षण आये हैं। बेहद प्रभावशाली था वह अभिभाषण। शुभ्रकेशा गलित् हसन कवि-कवि-सी लग रही थीं। पुस्तक प्रदर्शनी में मेरी कविताओं का संकलन देख उन्होंने मुझे कवि कह के सम्बोधित किया था। टी ब्रेक के बाद दूसरा सत्र शुरू हो गया था। उस सत्र के लिए प्रसंग था—"Island and Narratives," Cultural Heritage Societies in Transition केन्द्रित निबन्धपाठ। आद्य निबन्ध प्रस्तुत करने वाले सज्जन को सम्मान संयोजन का दायित्व भी सौंपा गया था। अलग-अलग कक्षों में सम्मानों की परिचालना हो रही थी। उसके पश्चात चर्चा वितर्क और प्रश्नोत्तरी। सबसे अधिक आकर्षणीय था मेरा निबन्ध। दिन भर के निबन्धपाठ के बाद शाम को सात बजे हमें सिटी टूर में ले जाया गया। द्वीप भर के ऐतिह्य के बारे में विवरण देते हुए हमें बताया जा रहा था।

पहले दिन ही परियों को देखकर मैं विमोहित हो गयी। पिछली बार की ग्रीस यात्रा के समय मेरी भेंट ग्रीक सुन्दरियों से हुई थी। परन्तु स्वीडन का गॅटलैण्ड पूर्णतया भिन्न था। यहाँ की लड़कियाँ भद्र और मार्जित। परियों की भाँति दिव्य मुसकान की अधिकारिणी। दूसरों की मदद करके उन्हें अपार आनन्द ही मिला करता था।

क्या परियाँ स्वर्ग में होती हैं या मर्त्य पर! क्या कभी-कभी मर्त्य पर भी उतर आती हैं घूमने के लिए! मैंने परियों की कहानियाँ अपनी दादी अम्मा से और बुआ से सुनी थीं बचपन में। तरह-तरह की परियाँ—आकाश परी, नील परी, जल परी, सभी दिव्य गुण सम्पन्न! अपूर्व सुन्दरियाँ। दादी अम्मा बताया करती थीं, जिनका मन साफ निर्मल होता है उन्हें ही दिखाई देती हैं परियाँ। मैंने सपने में परियाँ देखी हैं। चाँदनी रात उन्हें अधिक पसन्द है, जब वे आती हैं। कविता के आमन्त्रण से जिस दिन मैं गॅटलैण्ड पहुँची, उस दिन यथार्थ में मैं विमुग्ध हो गयी एक साथ परियों को देखकर। मुझे लगा, यह गुलाब का द्वीप है, यह तो मैं जानती थी, पर परियों का भी द्वीप है, यह मुझे इसके पहले पता नहीं था। बेहद सुन्दर और भव्य पोशाकों में परियाँ सजी हुई थीं। उनकी अनुपम सुन्दरता से लगता था मानो वे अभी-अभी स्वर्ग से उतर आयी हैं। मर्त्य पर इनसानों की तरह बात करती थीं। हँसती और नाचती भी थीं। परियाँ इस तरह नाच सकती

हैं, उसका मुझे पता नहीं था। अविराम नाचते हुए भी वे थकती नहीं थीं। मैं उन्हें जितना देखती थी उतना ही मोहित, सम्मोहित होती जा रही थी। एक श्वेतकेशा, शुभ्रवसना परी ने आकर मुझसे अपने साथ नाचने का अनुरोध किया। एक तो मैं नाचना जानती नहीं हूँ। अलावा उसके एक सुहासिनी परी के साथ हाथ तो मिलाया जा सकता है, पर उसके साथ नाचूँ, वह मैं सोच भी नहीं सकती थी। बचपन में मैंने सपने में जिन परियों को देखा था उनसे इनकी सुन्दरता कोई कम नहीं थी। उनके चेहरे पर झलकती सरलता से मानो उनका रूप सम्भार अधिक से अधिक निखरा हुआ-सा लगता था। उस छोटे-से द्वीप गॅटलैण्ड में इस भाँति परियाँ बसी हुई हैं, सोचना भी मुझे स्वप्न के समान लग रहा था। सुना, उन परियों के सख्य सान्निध्य के लिए तरह-तरह के पेड़-पौधे और बेशुमार फूल इन्तजार करते रहते हैं। परियों की राह पर ये फूल अपने आप बिछ जाते हैं। कैसे सुन्दर-सुन्दर नाजुक से पैर हैं उन परियों के! लक्ष्मीपाद सदृश सालों पहले इसी तरह एक लक्ष्मीरूपा लड़की के पैरों को देखने का सौभाग्य प्राप्त हुआ था अपने गाँव में। हो सकता है, ओडिआ के प्रसिद्ध कवि कान्तकवि लक्ष्मीकान्त महापात्र को 'बूढ़ाशंखारी' कविता रचना के लिए उसी से प्रेरणा मिली थी। किस भाँति गम्भीर आन्तरिकता से परिपूर्ण है इनकी मुसकान। ताजा कंचन फूलों के समान। मेरी ओर एक नील परी को ललित छन्दायित ठवनी में आती देखकर मैंने उनका स्वागत अभिवादन किया। पास ही के एक गाँव में मुझे उनके संग जाना है, इस अनुरोध से मैं तत्काल राजी हो गयी। खेतिहरों के गाँव और मकान देखना मुझे काफी अच्छा लगता है। वहाँ से थोड़ी दूरी पर कृषि म्यूजियम है। वह दीर्घांगिनी नीलपरी मुझे स्पष्ट रूप में समझाती जा रही थी और मैं एकाग्र हो सुनती जा रही थी। आज भी हमारे खेतिहर देशी लांगलों से खेती करते हैं। डेढ़ सौ साल पहले गॅटलैण्ड के कृषक भी उसी का इस्तेमाल करते थे। हँसिया, फावड़ा, कुल्हाड़ी, कटार आदि करीने से सजाकर रखे हुए थे, दर्शकों के देखने के लिए। अब कृषक वैज्ञानिक तरीकों से खेती करते हैं। उसकी तुलना में हमारे देश के कृषक डेढ़ सौ साल पिछड़े हुए हैं। हम जिन औजारों का इस्तेमाल करते हैं वे अब वहाँ प्राचीन सामग्रियों के रूप में संग्रहालयों में प्रदर्शन के लिए सुरक्षित रखे जा रहे हैं। मैंने चलकर मछुवारों के म्यूजियम भी देखे। तरह-तरह के जाल, ढेर सारे दूसरे उपकरण वहाँ सुरक्षित हैं। दर्शक आते हैं देखकर जाते हैं। प्रवेशाधिकार के लिए कोई शुल्क नहीं। उस प्रसंग पर अनेकानेक पुस्तिकाएँ और ग्रन्थ हैं। नीलपरी मुझे समझाती जा रही थी, समन्दर की अतल गहराई से किस भाँति मछलियाँ पकड़ी जाती हैं और मछलियाँ देश-विदेशों में भेजी जाती

हैं। गॅटलैण्ड में मछलियों का व्यापार अत्यन्त विकसित है, विश्व भर में उसकी ख्याति है। अनति दूर ही देखा गुलाबों का द्वीप गॅटलैण्ड को, जो उन परियों की सुन्दरता, भव्य लावण्य के कारण अधिक महिमान्वित लगा। उस परिणत वय की महिला के सामने मानो उम्र घुटने टेके हुए है। एक छोटे-से शिशु की भाँति उनके चेहरे पर सरलता अधिक सौम्य लगने लगी मुझे। मुझे समय और अवसर मिलता तो शायद मैं उम्र का खोल उतार कर एक निश्छल शिशु के समान निकल आती। आनन्द उल्लास से आत्मनिमज्जित हो जाती। उन अनिन्द्य परियों के बीच मैं अपने आप को धन्य मान रही थी।

कुछ क्षण के बाद गॅटलैण्ड म्यूजिक आरम्भ होगा।

संगीत और कविता का द्वीप : गॅटलैण्ड

प्रत्येक कवि-मन को दूर देशों का आकर्षण सदा आमोदित करता आया है। विभिन्न देशों में जाकर हमारे कवि, कलाकार हमारे साहित्य संस्कृति को परिचित कराते आये हैं। उस दिन मुझे स्वीडन स्थित गॅटलैण्ड विश्वविद्यालय से काव्य पाठ के लिए आमन्त्रण मिला था। कविता पाठ के साथ लोक-साहित्य सम्मान में भी शामिल होना था। स्वीडन की कुछेक ललनाएँ अपने ओडिशा में शुद्ध सोने के समान बहुओं के रूप में सुख्याति पायी हैं, काफी पहले से। अतः स्वीडन के प्रति मुझमें लगाव भी बेहद पुराना है। अगस्त बारह तारीख से बीस तक गॅटलैण्ड विश्वविद्यालय में गुजार कर मुझे लन्दन आना था। अतः सोचा, मेरे लिए ब्रिटिश एयरवेज में सुविधा होगी। दिल्ली में बेटी रहती है, जेएनयू में समाज विज्ञान की शोधकर्त्री के रूप में। कोलकाता होते हुए न चलकर मैं दिल्ली होकर चलूँ, यह उसकी पहली माँग थी। दिल्ली से हिथ्रो एयरपोर्ट उसके बाद स्टाकहोम और गॅटलैण्ड। तीन हवाई जहाज मुझे बदलने होंगे। अगस्त में भुवनेश्वर बिल्कुल निर्मेघ नहीं था। बीच-बीच में वर्षा मेघ डमरू नाद करती आ पहुँचती थी। मेरे एक सरकारी कॉलेज (स्वयं शासित बीजेबी) में अध्यापन के कारण विदेश यात्रा के लिए ओडिशा सरकार की अनुज्ञा निहायत जरूरी थी। पिछली बार जब मैं ग्रीस गयी थी तब मुझे उसी के लिए काफी परेशानी झेलनी पड़ी थी। तब मैं समझ गयी थी कि विदेश-यात्रा-योग न हो तो आसानी से कोई नहीं जा पाता है। दूर का दुर्वार आकर्षण उसी तरह से सुदूरपराहत होकर रह जाता है। अतः गुप्त रूप में स्वप्न लोक को चलना सम्भव नहीं था अन्नदाशंकर राय की तरह। हर प्रशासनिक उलझनों का सामना करके मुझे जाना पड़ा।

दिल्ली अन्तरराष्ट्रीय एयरपोर्ट से रात को एक बजे हवाई जहाज ने उड़ान भरी। मेरी बेटी पूनम और दामाद शोभन मुझे विदा देने आये थे। भीड़ और कोलाहल में मैं अपने आप को अकेली-सी महसूस कर रही थी। ओडिशा से कोई और है क्या देखने की उत्कण्ठा से चारों ओर नजर घुमाने लगी तो 'विद्यापुरी' प्रकाशन संस्था के मालिक श्री पीतारम्बर मिश्र जी उसी विमान में लन्दन के लिए सपत्नीक

मॉनेस्ट्री के पास लेखिका

यात्रा कर रहे थे। मेरी ओडिआ कविताओं का संकलन 'जह्नरातिर मुँह', 'एकला नई र गीत' के प्रकाशक हैं मिश्रजी। दोनों मुझे देखकर बेहद खुश हुए और मुझे अकेली विदेश यात्रा करते देखकर आश्चर्यचकित भी हुए। हम पढ़-लिख कर चाहे जिस कदर भी योग्य क्यों न हो जाएँ, किसी महिला की अकेली विदेशयात्रा ओडिआ मानसिकता-विरोधी ही मानी जाती है। मैंने इसके पहले भी कई बार विदेशयात्रा अकेले ही की है और जानती हूँ उसके लिए कोई दिक्कत है ही नहीं। आठ घंटों की लम्बी उड़ान के बाद हम हिथ्रो पहुँचेंगे। हम लन्दन पहुँचे। उस समय सुबह के सात बजे थे वहाँ। आकाश मार्ग में ही उड़ान भरते समय घड़ी में समय अपने आप बदल चुका था। पीताम्बर बाबू को लन्दन में रुकना था। काफी कोहरा और सर्द थी। एक टर्मिनल से दूसरे टर्मिनल में पहुँचने के लिए भी बस ही से चलना पड़ता। विशाल एयरपोर्ट। ब्रिटिश साम्राज्य में कभी सूरज डूबता नहीं है, यह मैं जानती हूँ। स्वीडेन से वापसी के समय लन्दन में मेरे लिए कुछ दिन टिकने का प्रबन्ध हुआ था। मैं वहाँ लगभग एक घंटा एयरपोर्ट ही में इन्तजार करती रही। स्कैण्डिनेवियन एयर बस से मुझे स्टाकहोम जाना होगा। तीन घंटों की लम्बी उड़ान के बाद विमान स्टाकहोम पहुँचा। स्टाकहोम स्वीडेन की राजधानी है। उस समय आसमाँ परिच्छन्न था। धूप में एयरपोर्ट चमक रहा था। स्टाकहोम से सभी राज्यों के लिए विमान तथा ट्रेन हैं। गॅटलैण्ड एक द्वीप है अतः जल पथ या आकाश पथ ही अपनाया जाता है। गॅटलैण्ड का बन्दरगाह है वीसवी। टूरिस्ट शहर के रूप में भी इसकी ख्याति है। स्वाभाविक है कि एक छोटे-से स्काईव्यू विमान में समन्दर के ऊपर से उड़ान भरते समय डर लगे। समन्दर में अनगिनत स्टीमर और जहाज ऊपर ही से नजर आते थे। चारों ओर दिगन्तविस्तारी सागर ही दीखता था। गॅटलैण्ड पहुँचने को पैंतालिस मिनट लगे। तब साढ़े तीन बज रहा था। समय भारतीय समय के अनुसार पाँच घंटे पीछे होता है। एयरपोर्ट बहुत ही छोटा। गॅटलैण्ड विश्वविद्यालय की शोधकर्त्री कवि कॅरीना जैकबसन मेरा स्वागत करने आयी हुई थी। किसी ओडिशा की साड़ी पहनी नारी को पहचानने में उन्हें कोई परेशानी हुई नहीं। प्रसन्न मन से उन्होंने स्वागत किया। लोककथा की जिन परियों को मैंने बचपन के सपनों में देखा था उन्हीं में से एक थी कॅरीना। दीर्घांगी, स्वर्णकेशा; उन्होंने तो मुझे एक तरह से कविगुरु रवीन्द्रनाथ की 'विदेशिनी' कविता की याद दिला दी। 'आमि चिनि गो चिनि तोमारे अगो विदेशिनी, तुमि थोको सिन्धु, पारे (हे विदेशिनी मैं तुम्हें पहचानती हूँ, तुम सिन्धु के उस पार हो) कॅरीना अपनी गाड़ी लेकर आयी थी। गाड़ी में चलते समय चारों ओर निर्जन निकांचन देखा। सुनसान। मन ही मन

सोच रही थी, क्या इस देश में कोई रहता नहीं है। यहाँ की प्रकृति सौन्दर्यमयी है। प्रगल्भा है। कहीं भी देखो तो समन्दर से भेंट अवश्य होगी। गॅटलैण्ड को समन्दर मेखला की तरह घेर रखा है।

अगस्त 14 को कविता सम्मान का उद्घाटन समारोह था। विश्वविद्यालय के प्रवेश द्वार पर फहराये गये सभी राष्ट्रों के ध्वज काफी मोहक मनोरम लगते थे। आपस में सौहार्दपूर्ण मित्रता थी। यही उद्देश्य था एक साथ सभी राष्ट्रीय ध्वजों को फहराये जाने का। हमारी जातीय पताका जिस भाँति विजयोल्लास से उड़ रही थी देखकर परितोष मिला। सुना था स्वीडन के लोगों के मन में भारतीयों के प्रति काफी श्रद्धा सम्मान होता है। उस अन्तरराष्ट्रीय समावेश में आस्ट्रेलिया, रोमानिया, नार्वे, अफ्रीका, अमेरिका, बांग्लादेश आदि से कविगण भाग लेने आये हुए थे। सभी अपनी-अपनी राष्ट्रीय पोशाक में निखरे हुए से लग रहे थे। गॅटलैण्ड विश्वविद्यालय के कुलपति ने समारोह का उद्घाटन किया। वायलिन पर लोक संगीत की मधुर मूर्च्छना ने परिवेश को मन्त्रमुग्ध कर रखा था। वे वायलिन वादक थे विश्वविद्यालय ही के एक प्रोफेसर। आद्य सत्र के पश्चात विभिन्न सम्मान-सत्रों का आरम्भ हुआ। रोज के सम्मान अनुष्ठान के पश्चात आसपास के गाँवों के परिदर्शन के लिए कार्यक्रम तथा सांस्कृतिक कार्यक्रमों का भव्य अनुष्ठान हुआ करता था। स्वीडन के खेतिहरों के गाँव मेरे लिए अतीव चित्ताकर्षक थे। एपल, स्ट्राबेरी, चेरी, ऑलिव आदि के परिपूर्ण वृक्षों से शोभित वे गाँव मनोरम लगते थे। वे ओडिशा के गाँवों की तरह नहीं थे, वे काफी परिच्छन्न परिष्कृत। वहाँ के कृषक धनवान तथा सम्पन्न लगे। कृषकों के लिए एक म्यूजियम भी है। चालीस-पचास साल पहले किस प्रकार खेती होती थी उसकी जानकारी और तब जिन औजारों का प्रयोग हुआ करता था, वे सब वहाँ सुरक्षित हैं। मैंने खेतिहरों के मकानों की काफी तस्वीरें ली हैं। मुझे अपने गाँव की याद वहाँ खूब आती थी। कैसी दयनीय स्थिति है हमारे गाँवों के कृषिजीवियों की!

कॅरीना सदा मेहमानों की खातिरदारी के लिए तत्पर रहती थी। हम लोग जहाँ कहीं भी जाते वह अपने साथ कॉफी, बिस्किट, केक आदि लेकर चलती थी और गाड़ी के रुकते ही मेहमानों की जरूरतों के मुताबिक बढ़ाया करती थी। बेहद मधुर लगता उसके बर्ताव। मारिशस की प्रोफेसर सुचिता, रोमानिया की साविना, सब के साथ घनिष्ठ अन्तरंगता, मेलजोल के माध्यम से गहरी होने लगी थी। अब भी ई-मेल के जरिये बीच-बीच में सुचिता और कॅरीना मेरी कविता की याद दिलाती रहती हैं। उस थोड़े-से स्नेह, थोड़ी-सी दोस्ती के लिए देवगण भी तरसते रहते हैं और मनुष्यों के रूप में धरावतरण करते हैं।

मेरी स्मृति में गॅटलैण्ड परी कथा की तरह है। गॅटलैण्ड का वीसवी बन्दरगाह, पाईन, ओक पेड़ों की श्यामल प्रकृति, विश्वविद्यालय के चारों ओर अनगिनत फूलों के खिलने की वेला। उसी में समाहित हो कविता और लोक संगीत की मूर्च्छना दिलो दिमाग पर अब भी छायी हुई है। स्वर्णकेशा कॅरीना तो स्वयं एक कविता है। वायलिन पर लोकसंगीत की धुन बजाते-बजाते भावविभोर होने वाले प्रोफेसर मेरिटी ऐक्मैन, स्वप्निल आँखों से समन्दर को घंटों तक एकटक ताके रहने वाली रोमानिया की कवि साविना तथा थाईलैण्ड की कवि चिन्तना सभी मेरी स्मृति में अनन्या हैं। सदा अप्रतिम बनी रहेगी भी। चेस्टनॅट, पाईन, ओक पेड़ों की सुन्दरता, इस कदर मोहक थी कि अब भी याद करूँ तो मन विभोर हो जाता है। उन पेड़ों, समन्दर के साथ सर्वोपरि कॅरीना सहित अन्तरंगता इस भाँति गहरी पैठ गयी थी कि कोई भी मुझे अलविदा कहना नहीं चाहती थी। संगीत का द्वीप, कविता के द्वीप को वे मुझे फिर आमन्त्रित करेंगी, लिखा करती हैं।

गढ़ की खाई के नीचे अकेला कवि

दक्षिण यूरोप स्थित ग्रीस का मैसिडोनिया साम्राज्य विश्वविदित है। प्राचीन मैसिडोनिया साम्राज्य ही आज ग्रीस के नाम से पहचाना जाता है। मैसिडोनिया की राजधानी है थेसालोनिकी। यही अलेक्जेंडर महान की जन्मस्थली है। होमर, अरस्तू आदि मनीषियों का देश है ग्रीस। बीसवीं सदी में ग्रीक कवि सेफेरिस (1900-71) की नोवेल पुरस्कार विजयी कृति साहित्य संस्कृति तथा प्राचीन ऐतिह्य में आज ग्रीस की आँखों में भवितव्य के सपने हैं। ग्रीस में आज है ऋतु वसन्त। वहाँ तब बंगीय कवि की वह पंक्ति याद आती थी फूल खिले या न खिले आज ऋतु वसन्त है। वसन्त ऋतु फूल खिलाने के लिए किसी की अपेक्षा नहीं करती है। किन्तु, शरत की नदी के तट पर आज काँस फूलों को तलाशने जाओ तो निराशा ही हाथ लगती है। ओडिशा की अनेक नदियाँ तो आज सूख चुकी हैं। जैसे कि मेरी प्रिय नदी सालन्दी। आज वह धीरे-धीरे क्षीण होती जा रही है। आज ग्रीस उच्छल और उद्वेलित है। लाइलाक, डैफोडिल्स फूलों का उत्सव है चहुँओर। आज ग्रीस कविता में स्वप्न विभोर है। क्योंकि आज विश्व भर के लगभग अठारह राष्ट्रों के कवि उसके समीप आ पहुँचे हैं। ऑलिव के पेड़ पत्तों में तथा हजारों साल प्राचीन दुर्ग की खाई में इतिहास की सुगन्ध अब भी स्पष्ट है। विश्वकवि सम्मेलन में शामिल होने के लिए पधारे कविगण ग्रीस के साथ काफी समय से गप जमाये हुए हैं। मैसिडोनिया या ग्रीस का समन्दर, आसमाँ, नदियाँ आज मानो कविता मुखर हैं। संगीत में सभी मशगूल हैं। शान्तिनिकेतन में मैं अपने विद्यार्थी जीवन की जिस स्मृति को छोड़कर आयी हूँ, वही मानो मूर्तिमती होकर मुझसे बोल रही है—मेघ बलेछे याबो याबो, रात बलेछे याइ, सागर बले कूल मिलेछे आमि तो आर नाइ। (बादल कहता है मैं चलूँगा, रात भी जाना चाहती है, पर समन्दर और बेलाभूमि तो एकाकार हुए हैं।)

अगस्त की आँखमिचौली में शरत ऋतु अचानक हमारे भुवनेश्वर में आ जाती है। परन्तु ग्रीस में आज है वसन्त ऋतु। उस दिन अरस्तू स्क्वायर में विश्व कविता समारोह सम्पन्न हुआ। चीन, जापान, जर्मनी, आस्ट्रेलिया से लेकर अमेरिका तक

अठारह देशों के कवि कविता पाठ के लिए आमन्त्रित थे। लॉसएंजलिस से आयी कवयित्री रोजमेरी ने उसदिन अपने सम्भाषण में कहा—कवि ही अशुभ को शुभ में परिवर्तित कर सकता है। अस्पताल से लेकर पागलखाने तक में यदि कवियों की नियुक्ति हो तो उन जगहों की महत्ता अपने आप बढ़ जाएगी। इलेक्ट्रापैलेस ग्रीस में एक अभिजात होटल है। वहीं काव्य पाठ तथा सेमिनार अनुष्ठित हुए थे। बस उद्घाटनोत्सव ही समन्दर के बीच एक स्टीमर पर हुआ था। उद्घाटनोत्सव की समाप्ति के पश्चात वहीं रात्रिभोजन की व्यवस्था भी हुई थी। उसकी परिचालना ग्रीस के संस्कृति विभाग द्वारा हुई थी।

कवितोत्सव के दूसरे दिन ग्रीसीय संगीत का ऑर्केस्ट्रा सुनने के लिए हजारों साल पुराने एक दुर्ग के अन्दर बन्दोवस्त था। उस दिन दुर्ग के अन्दर सभी एकत्रित हुए थे। इतिहास के मौन गवाह के रूप में वह दुर्ग मानो अविचलित था। आसमाँ पर एकादशी चाँद बेहद म्लान लगता था। पहाड़ पर स्थित वह 'कैसल' उस समय जनाकीर्ण था। छोटे-छोटे बच्चे तक को लेकर उस दिन माँ-बाप तक ग्रीस संगीत में विभोर हो खोये हुए-से लग रहे थे। पत्थर की चट्टान पर कुछेक बैठे हुए थे और कुछेक खड़े-खड़े संगीत का रसास्वादन कर रहे थे। ग्रीक लोक संगीत में एक अद्भुत सम्मोहिनी शक्ति है, वह मैं अनुभव करती रही थी। रात धीरे-धीरे लम्बी होने लगी। दुर्ग का आभ्यन्तरीण आँगन काफी विशाल था। ऊपर कोई शामियाना भी नहीं। खुले आसमाँ तले उस भाँति की मजलिस भुवनेश्वर में विरले ही होती है। राजा-रानी मन्दिर प्रांगण में या खण्डगिरी गुफा में हमारे संस्कृति विभाग की ओर से कभी-कभार वैसे आयोजन हुआ करते हैं। वह मजलिस देर रात तक नहीं चलती।

थेसालोनिकी शहर का नजारा बेहद मोहक था। आलोक मालाओं से विमण्डित सजे-धजे शहर की शोभा अप्रतिम थी। ग्रीक लड़के-लड़कियाँ काफी उन्मुक्त होते हैं, गिरिनदी की तरह। मानो उनके लिए कोई रोकटोक ही नहीं है। सभी देशों से आये कवियों को लेकर दो बसें पहाड़ के ऊपर तक आयी थीं और दुर्ग के समीप रुकी हुई थीं। मैं ग्रीक संगीत में इस कदर खोयीं हुई थी कि शिल्पी कॅरीना, कवि मेरीना और लॉसएंजलिस की लुसी कैविलस् ने मुझे कब चलने को कहा, मैं सुन ही नहीं पायी थी शायद। कुछ देर के बाद देखा, वहाँ एक भी कवि नहीं था। मैं बिल्कुल अकेली रह गयी थी। अपरिचित जगह अज्ञात परिवेश, मैं वहाँ से किस भाँति वापस लौटूँ यही चिन्ता मुझे सताये जा रही थी। साड़ी पहने हुए एक ओडिशी नारी की ओर सब की नजर बारी-बारी से घूम जाती थी। मेरी परेशानी देखकर अरस्तू विश्वविद्यालय की स्नातकोत्तर विद्यार्थिनी भासो भाइकोग्नि

ने मेरे पास आकर मेरी हैरानी की वजह पूछी। अंग्रेजी भाषा से अनजान भासो के माता-पिता के साथ मेरा परिचय हुआ। अति परिचित मित्रों की तरह उन्होंने मुझे लाकर होटल में छोड़ा। अपने घर चाय पर भी बुलाया। विदेश में उनके इस अपनत्व से मैं अभिभूत हो गयी। वापसी के दिन मैं जल्दी में मैंसिडोनिया एयरपोर्ट में दाखिल होने जा रही थी कि देखा एक लड़की एक छोटा-सा पैकेट लिए मेरी ओर आ रही है। उसने मेरी और उस पैकेट को बढ़ाकर कहा—जिस ग्रीक संगीत के कारण आप के साथ मेरा परिचय हुआ, उसी की स्मारिका के रूप में ये कुछ संगीत की सीडियाँ हैं। पत्र देंगी। ये संगीत कैसा लगा, लिखेंगी। उस बात ने और लड़की की आन्तरिक सरलता ने मुझे विस्वलित कर दिया। मेरी बेटी की हम उम्र होगी वह लड़की। उसके साथ परिचय तो कुछ ही पलों का था। फिर भी मेरे लिए वह निश्छल श्रद्धा और सम्मान के कारण मेरी भावना में उसके प्रति अनन्त शुभकामनाओं की वर्षा-सी होने लगी। कौन कहता है कि धरती पर से प्यार की धारा सूखती जा रही है? चारों ओर प्यार, श्रद्धा, मोहब्बत तो भरपूर है। उन्हें बटोरने को मन चाहिए। ग्रीक लड़की भासो, आइरिश कवि मेरीना, शिल्पी कॅरीना, मैसिडोनिया काफी पीछे छोड़ आयी हूँ फिर भी प्राचीन जराजीर्ण ग्रीक दुर्ग के अन्दर अविस्मरणीय ग्रीक संगीत और अकेली कवि की तन्मयता में खोयी हुई स्थिति सदा याद आएगी। आती रहेगी।

मिसीसिपी और सिलवरस्प्रिंग के देश में

रुमकी और चुमकी अमेरिका के मेरीलैण्ड में अपने माँ-बाप के साथ रहती हैं। हरसिंगार फूलों की भाँति गोरे रंग की दो लड़कियाँ। रुमकी पाँच साल की है और चुमकी चार साल की है। मेरीलैण्ड के सिलवरस्प्रिंग शहर में उनका मकान है। सिलवरस्प्रिंग शहर के मकान बिल्कुल चित्रों की भाँति। हर मकान के आगे सुन्दर-सुन्दर फूलों के पौधे, पर वे फूल भारतीय फूलों की तरह सुगन्धित नहीं होते। देखो तो मन मोह लें, पर हैं गन्धहीन। बिल्कुल प्लास्टिक के फूलों की तरह। अब सिलवरस्प्रिंग शहर में गर्मियों के दिन है। रुमकी और चुमकी के स्कूल की छुट्टी है। जून-जुलाई में उनका ग्रीष्मावकाश होता है। उस समय वे स्कूल की छुट्टी होने के कारण प्लेस्कूल को जाती हैं। वहाँ वे अलग-अलग कैम्पों में शामिल होती हैं। कोई संगीत तो कोई नाटक में। सुबह आठ बजे जाकर शाम को पाँच बजे लौटती हैं। तब तक माँ-बाप भी अपने दफ्तरों से घर पहुँच गये होते हैं। ग्रीष्मावकाश में स्कूल की ओर से पब्लिक लाइब्रेरी चलकर कहानियाँ पढ़ती हैं या सीडी में कार्टून देखा करती हैं। मन हो तो घर को भी किताबें ला सकती हैं। अधिक समय वे लाइब्रेरी ही में बिताती हैं।

रुमकी चुमकी के पिताजी पेनसिलवेनिया विश्वविद्यालय में लाइफ साइन्स के प्रोफेसर हैं। वहाँ के विद्यार्थी हमारे यहाँ की भाँति ढेर सारे होम वर्क लेकर नहीं आते। विद्यार्थी कोई गलती करे तो शिक्षक उसे दण्डित नहीं करते, समझाया करते हैं। उस देश में यदि स्कूल बस जाती हो तो अमेरिका के प्रेसीडेण्ट तक की गाड़ी स्कूल बस के गुजरने तक रुकी रह जाती है। क्योंकि वे बच्चे देश की सम्पदा हैं, देश की भविष्य-सम्पत्ति। मेरीलैण्ड में सर्दियों के दिनों में बर्फ गिरती है। तब सड़कों सहित हर जगह बर्फ से ढक जाती है। उसी कारण से वहाँ के सभी मकान लकड़ी के बने होते हैं। मकान के छत तेज ढलान के होते हैं।

पिछले जुलाई के महीने में जब मैं अमेरिका गयी थी तब रुमकी और चुमकी के घर पर दो दिनों के लिए ठहरी थी। सिलवरस्प्रिंग शहर एक श्यामल शहर है। सुन्दर-सुन्दर फूलों के पेड़-पौधों से भरपूर शहर। चारों ओर ढलान और चढ़ाई

की सड़कें। कई चिड़ियों के चहकने की आवाज लगभग सुनाई पड़ती है। हमारे देश में गौरैयों की भाँति छोटे-छोटे पक्षी कभी एपल के पेड़ पर तो कभी ओक की शाख पर बैठकर आपस में बतियाते रहते हैं। चुमकी आयी और मेरा हाथ पकड़कर अपने पढ़ाई के कमरे में झरोखे के पास ले आयी। एक अपूर्व सुन्दर-सी चिड़िया वहाँ बैठी मधुर स्वर में गा रही थी। उस गाने का स्वर इतना मीठा था कि मैं उसे मुग्ध आँखों से देखती सुनती रही। उस जैसी कोई चिड़िया तब तक मैंने कहीं देखी नहीं थी। चिड़िया के गरदन पर सुनहरी रंग की एक चमकती धारी थी। चोंच था भूरा। देह भर चित्रित पंख से ढकी हुई थी। पक्षी का नाम कविता की चिड़िया रखूँ तो सही होगा। वह कविता की तरह सुन्दर थी।

तब तक चुमकी की माँ बुलाने लगी थी। सुबह साढ़े सात बजने वाला था। तैयार होकर उन्हें प्ले स्कूल को चलना होगा। वहाँ वे ढेर सारी बातें सीखेंगी। तब भुवनेश्वर से फोन आया। चुमकी की दादी अम्मा ने बताया कि वहाँ भुवनेश्वर में रात का नौ बजा होगा। अमेरिका में दिन के समय भारत में रात हुई होती है। मैं किस हवाई जहाज से आयी, सेलीनानी यानी दादी अम्मा ने मुझसे पूछा। मैंने बताया कि मैं इतिहाद प्लेन से आबुधावी होकर आयी हूँ। अमेरिका आते समय जॉन केनेडी एयरपोर्ट पर पहले उतरकर मेरीलैण्ड आयी। हमारा विमान आबुधावी में दो घंटे के लिए रुका रहा। एक और अरवियान विमान में हम लोग न्यूयॉर्क आये। वह विमान आते समय यूरोप के सभी देशों पर होते हुए आया। लन्दन, पैरिस, बुदापेस्त, एडिनबरा, स्टाकहोम, रोम, फ्रांकफर्ट, जकार्त्ता, केनिया, मलेशिया, इस्तानबूल, नीटसेबर्ग आदि देशों के ऊपर से उड़ते हुए अमेरिका पहुँचा। अमेरिका पहुँचने के लिए लगभग बीस घंटों की उड़ान भरनी पड़ी। आकाश मार्ग ही में समय अपने आप बदलता जा रहा था।

पिछली बार जब मैं ब्रिटिश एयरवेज से स्वीडन आयी थी तो हिथ्रो हवाई अड्डे में विमान दो घंटे के लिए रुका रहा था। लन्दन एयरपोर्ट का नाम है हिथ्रो। चुमकी मेरी बात मन लगाकर सुन रही थी। रुमकी और चुमकी दोनों मुझे नानी कह के बुलाती थीं। मुझसे वे अलग होती ही नहीं थीं। कोई कहती—हमें सुन्दर-सुन्दर कहानियाँ सुनाओ नानी। फिर पूछतीं—तुम जब अमेरिका आयीं तो कितने समन्दरों को पार करके आयीं! दोनों के मन में उत्कण्ठा थी कुछ जान लेने के लिए। सुन कर मुझे काफी अच्छा लग रहा था। मैंने बताया कि विमान काफी देर तक अटलांटिक महासागर पर उड़ता रहा। सामान्यः समन्दर पर से उड़ान भरते समय सामुद्रिक तूफान या तेज हवाई हवा के कारण विमान हिलता डुलता-सा लगा। तत्काल चुमकी ने मुझे आँखें फाड़कर देखा और पूछा—तब तो

तुम्हें काफी डर लगा होगा। तब मैंनें कहा—डर क्यों लगेगा री! इतिहाद विमान में छोटे-छोटे बच्चों समेत तीन सौ से अधिक यात्री थे। हो सकता है किसी-किसी को डर भी लगता होगा। फिर मैंने कहा—तुम लोग भी तो विमान से अमेरिका से भारत बार-बार आती जाती हो, कैसा लगता है विमान में? क्या तुम डर जाती हो? फौरन रुमकी ने कहा—काफी मजा आता है जब जहाज बादलों में से उड़ता जाता है। तब तो तारे, चाँद कुछ भी दीखते नहीं हैं। चुमकी चुपचाप सारी बातें सुनती रही। बड़ी-बड़ी आँखों से मुझे देखकर पूछने लगी—बताओ न नानी, क्या मेघपरी, आकाश परियाँ बादलों के अन्दर होती हैं? हमारे विमान से गुजरते समय क्या वे हमें देख पाती हैं? हम तो उन्हें देख नहीं पातीं!

परियाँ स्व राज्य में होती हैं। वे छोटे-छोटे बच्चों से बेहद प्यार करती हैं। मन करे तो धरती पर भी उतर आती हैं। चुमकी की माँ आकर कह गयी है, आओ खाना खाकर सो जाओ तो कल नानी के साथ चलकर वाशिंगटन डीसी घूम आओगी। वाशिंगटन डीसी नाम सुनकर दोनों खुशी से झूमने लगीं। जब वे छोटी थीं तो एक बार दादी अम्मा के साथ वाशिंगटन डीसी देखने गयी थीं। इस बार ओडिशा से नानी आयी है। काफी मजा आएगा। भोर-भोर ही रुमकी चुमकी दोनों जाग गयीं। तरह-तरह के पक्षियों ने ओक की शाखों पर से चहकते हुए प्रभाती गाना शुरू कर दिया था। उस समय मेरीलैण्ड में वसन्त ऋतु थी। चारों ओर से सुन्दर-सुन्दर फूलों की चादर ओढ़े हुए सिलवरस्प्रिंग चमक रहा था। चुमकी के माता-पिता दफ्तर चलने की तैयारी में थे। भारत की तरह अमेरिका में किसी के घर काम करने के लिए नौकर चाकर नहीं होते। हर काम खुद को ही करना पड़ता है। हर एक मिलजुल कर सारा काम निबटा लेते हैं। उससे काम का बोझ भी हल्का हो जाता है। सुबह आठ बजने को आया। हम भी तैयार हो चुके थे। सिलवरस्प्रिंग पेन स्टेशन (भूतल रेल स्टेशन) पर चुमकी की माँ हमें छोड़कर दफ्तर चली गयी। मेलीनानी, मैं, सरताज भाई और रुमकी चुमकी के लिए मेट्रो ट्रेन में यात्रा के लिए टिकट लिये गये? उसके पहले मैंने कोलकाता में मेट्रो ट्रेन से यात्रा की है अमेरिका में मेट्रो काफी साफ-सुथरा शीतताप नियन्त्रित। हम लोग आधे घंटे में वाशिंगटन डीसी पहुँच गये। ट्रेन काफी तेज भागती है। एडिसन, फ्लोरेन्स, वर्जिनिया, फिलाडेलफिया आदि स्टेशनों पर आधे-आधे मिनट ही रुकती है। ट्रेन का द्वार अपने आप खुल जाता है, अपने आप बन्द भी हो जाता है। सीट सभी आभिजात्यपूर्ण। अनेक लोग सड़क-रास्ते के बजाय भूतल रेल से चलना अधिक पसन्द करते हैं। वाशिंगटन डीसी में हमने पहले नेशनल म्यूज़ियम ऑफ अमेरिकन हिस्ट्री घूमकर देखा। म्यूज़ियम के अन्दर ही आर्ट

गैलरी और नेचुरल हिस्ट्री आदि है, जिसे दोनों बहनें चाव से देखने लगीं। बच्चों के लिए नेचुरल हिस्ट्री बहुत ही आमोददायक था। अफ्रीकन हाथी, विशालकाय डाइनासोर आदि के ढाई हजार साल पुरानी फॉसिलों को बड़े ही सही ढंग से सुरक्षित रखा गया है। तीन सौ साल का फॉसिल प्लाण्ट देखकर विस्मय की कोई सीमा ही नहीं रही।

म्यूज़ियम की तीसरी मंजिल पर है नेशनल एआईआर एंड स्पेस म्यूज़ियम और पहली मंजिल पर है तीन सौ प्रकार के छोटे बड़े पक्षियों की डॅमी। उन चिड़ियों के स्पेसिमेन भी नेचुरल हिस्ट्री की गैलरी में देखा। लगभग तीन सौ प्रकार के पक्षी कॅलम्विया जिले में देखे जा सकते हैं। तरह-तरह के रत्न पत्थर (Gems) भी इस म्यूजियम में रखे गये हैं। भिन्न-भिन्न प्रजाति की तितलियों के सुन्दर-सुन्दर फॉसिल देखकर लड़कियाँ बेहद खुश हो गयीं। नेशनल म्यूज़ियम ऑफ द अमेरिकन इंडियन आर्ट में कई तरह की कंठी मालाएँ (bead works) पोटरी, पेंटिंग्स, स्थापत्य, सभी भारतीय संस्कृति के यादगार थे। नेचुरल म्यूजियम देखने के लिए करीब डेढ़ घंटे लगा। वहाँ तो बच्चों का मेला-सा लगा रहता है। शिल्पियों के द्वारा हाथी दाँतों पर अंकित चित्रित चित्रों को देखकर रुमकी चुमकी ने तरह-तरह के सवाल किये। कुछेक चित्र हाथी दाँतों पर उत्कीर्णित थे और कुछेक ब्रांस पर। भारतीय कलाकारों ने अपने देश की संस्कृति को जीवन्त बनाये रखने में कोई कमी नहीं रख छोड़ी है। सब में उनकी प्रतिभा और काबिलियत निखर कर है। दोनों बच्चियों का चेहरा तब तक मुरझाया-सा दीखने लगा था फिर भी और देखने की जिद है उनमें। संग्रहालय के आस-पास अनेक कैंटीन और रेस्तराँ हैं। मैंने कहा, अब तो तीन बजा है, चलो चलकर कुछ खा लें। खाने के लिए आर्डर देकर हम लोग ट्रे में खुद ले आकर एक मेज पर बैठ गये। हमारे मेज के पास एक बड़ा-सा पेड़ था। उस पेड़ का नाम हमें मालूम नहीं था। उस पेड़ पर कई चिड़ियाँ चहक रही थीं। अचानक एक चिड़िया के गम्भीर स्वर में 'माँ' की पुकार सुनी। उस आवाज ने मुझे चौंका दिया। सेलीनानी से एक बार मन लगाकर सुनने को कहा। अति स्पष्ट था वह उच्चारण 'माँ'। पता नहीं वह विदेशी चिड़िया क्या बोलकर पुकारती थी। पर उस पुकार में मुझे तो स्पष्ट 'माँ' ही सुनाई देती थी। चार बज चुका था। बच्चियाँ भी थक गयी थीं। पास ही पेन स्टेशन था। भूतल रेल से लौटने के लिए हम वहाँ पहुँचे। करीब पाँच मिनट के बाद विकराल आवाज करती लौह दानव वह गाड़ी पहुँची। हमें लेकर फिर दौड़ चली। हम तीन-चार स्टेशनों के बाद अपने गन्तव्य स्थल पर पहुँच गये। वहाँ जयश्री (रुमकी चुमकी की माँ) दफ्तर से लौटती हुई गाड़ी लेकर हमारी प्रतीक्षा

में थी। लगभग एक घंटे में हम लोग सिलवरस्प्रिंग आ पहुँचे। सड़क के दोनों ओर सुन्दर-सुन्दर वृक्षों का सुदृश्य अरण्य था। जयश्री बता रही थी वहाँ पेड़ काटने की सख्त मनाही है। उस जुर्म के लिए सीधे जेल। पर्यावरण की सुरक्षा के लिए वृक्षों की आवश्यकता तो निहायत जरूरी है। सिलवरस्प्रिंग मुझे सदा स्वीडन की याद दिलाता रहा। घर पहुँच कर दोनों बहनें अपने बाबूजी के आगे अपनी अनुभूति सही-सही बखानने लगीं। उस बीच जयश्री पता नहीं कब टीपाय पर पकौड़े तलकर रख गयी थी। वह बहुत ही कम बोला करती है। जब देखो तब काम में खोयी रहती है। दक्षिण भारतीय लड़की है पर आचार व्यवहार से बिल्कुल ओड़िशी। अपने हाथों से रोज घरेलू काम निबटा कर सौ किलोमीटर दूर अपने दफ्तर को जाती है। बच्चों के स्कूल की छुट्टी होती है दोपहर दो बजे। तब अपनी गाड़ी में उन्हें उनके पिता ही घर पर छोड़ जाते हैं। जयश्री दिन के तीन बजे घर आती है। घड़ी के साथ तालमेल बिठा कर जीवनचर्या फिर शुरू हो जाती है। चुमकी रुमकी के मकान के नजदीक ही एक पब्लिक लायब्रेरी है, सेलीनानी बता रही थी। लायब्रेरी सुबह आठ बजे से रात आठ बजे तक खुली रहती है। शिशु साहित्य की अनगिनत किताबें देखकर मैं तो विस्मयाभिभूत हो गयी। बच्चे चाहें तो घर को भी पुस्तक ला सकते हैं। केवल पुस्तक नहीं वहाँ वीसीडी और कैसेट भी हैं। बच्चों की चाह हो तो वह भी वे घर ला सकते हैं, समय पर लौटाने के लिए। बचपन से पुस्तक पढ़ने की आदत अवश्य ही आगे चलकर काफी सहायक होती है।

पढ़ाई के साथ-साथ बालकों में साधारण ज्ञान के विकास हेतु भी काफी सहायता मिलती है। सिलवरस्प्रिंग के पास एक सुन्दर-सी नदी भी है। अरण्य आवेष्ठिता वह निर्जन नदी बेहद आवेगमयी लगती थी। आगे चलो, यही तो नदी की प्रवहमानता कहती है। कहीं भी रुक न जाओ। भारत की तरह वह प्रदेश जनाकीर्ण नहीं है। इनसान यहाँ हुड़दंग नहीं मचाते। चारों ओर बस वृक्ष ही वृक्ष दिखाई देते हैं। यहाँ की प्रकृति काफी मनोरम है। सिलवरस्प्रिंग में मेरे रुकने के लिए सेलीनानी ने मुझसे कहा था। क्योंकि उस समय जो मेरीलैण्ड में बहू-बेटे के साथ होगी और मेरे न्यूयॉर्क चलते समय उनके घर अतिथि बन रुकूँगी। अमेरिका के लिए वीजा पाना अब तो कुछ कठिन हो गया है, उस दिन सेलीनानी बता रही थी। क्योंकि जो लोग अमेरिका पहुँच रहे हैं, वे वहाँ से वापस आना नहीं चाहते हैं। अमेरिका को अनेक लोग कुबेरपुरी भी कहते हैं। अमेरिका में हमारे स्वजन रिश्तेदार अनेक हैं, परन्तु कोई कैलिफोर्निया में तो कोई मिनियापोलिस में और कोई कनाडा में। पर मेरी सिलवरस्प्रिंग चलने की इच्छा अधिक हुई।

कुबेरपुरी अमेरिका में सदा के लिए रुक जाने की इच्छा मुझमें नहीं थी। मेरा भारत चाहे कुछ भी क्यों न हो, स्वर्ग से गरीयान है यह मेरा विश्वास है। उस दिन आसमाँ पर बादल छाये हुए थे। थण्डरस्टर्म हो सकता है यही मौसम दफ्तर से प्राप्त सूचना थी। सरताज भाई सेलीनानी ने मेरे लिए मध्याह्न भोजन तैयार कर रखा था। दस बजे खाना खाकर लिपू (सेलीनानी का बेटा) की गाड़ी में मैं ग्रेहाउण्ड बस स्टॉप पर पहुँची। दस-पन्द्रह मिनटों के भीतर बस भी आ पहुँची। लिपू ने बड़े जी जतन से मेरा बैग लेकर बस में रख दिया। बस के रवाना होने तक हाथ हिला-हिला कर लिपू मुझे विदा करता रहा था। प्रवास में कोई अपना आदमी न हो तो कैसी परेशानी का सामना करना पड़ता है वह मैं काफी महसूस करती रही थी। करीब तीन घंटे लगे न्यूयॉर्क पहुँचने में। सिलवरस्प्रिंग से न्यूयॉर्क का फासला तीन सौ किलोमीटर है। उसकी सूचना मुझे पहले ही से मिल चुकी थी। पेनसिलवेनिया होटल के पास ग्रेहाउण्ड बस ने मुझे उतारा। उस दिन सभी निमन्त्रित कवि अलग-अलग जगहों से आने लगे थे। भारत से अनेक कवियों में प्रख्यात गज़ल लेखक गुलज़ार, प्रोफेसर इन्द्रनाथ चौधुरी, भारतीय ज्ञानपीठ के निदेशक रवीन्द्र कालिया और ममता कालिया, असमिया लेखिका श्रीमती इन्दिरा गोस्वामी, नवभारत टाइम्स के सम्पादक, इण्डिया टुडे के सम्पादक आदि थे। ओडिशा से मैं गयी थी—मेरे अनुवादक श्री राजेन्द्र मिश्र भी दिल्ली से पहुँचे थे। पेनसिलवेनिया के सिंगलरूम का रोज का किराया था 500 डॉलर और डबल का 1000 डॉलर। मेरे साथ दिल्ली की अर्चना त्रिपाठी थीं। अर्चना हिन्दी निदेशालय में सह-निदेशिका थीं। बहुत ही सीधी-सादी लड़की। कमरों में कोई चाभी की व्यवस्था नहीं थी। एटीएम काउण्टर जिस तरह कार्ड से खुलता है, बन्द होता है उसी प्रकार व्यवस्था थी वहाँ। अर्चना अपने अनमने पन में द्वार के कार्ड को कमरे के अन्दर छोड़ आयी थी वह घटना काफी दिनों तक याद रहेगी। विदेश में उस जैसी घटना के कारण काफी परेशानी होती है।

पेनसिलवेनिया होटल के समीप ही फैशन टेक्नोलोजी इंस्टीट्यूट है। भव्य और विराट इमारत। उसके भीतर तीन-तीन कॉन्फ्रेंस हॉल हैं। वहीं उस अन्तरराष्ट्रीय कवि सम्मेलन की व्यवस्था हुई थी। अमेरिका के राइटर्स बिल्डिंग में उद्घाटनोत्सव के पश्चात विभिन्न प्रसंगों पर चर्चा इसी फैशन टेक्नोलोजी बिल्डिंग में आयोजित हुई थी। कोलम्बिया विश्वविद्यालय की हिन्दी विभागाध्यक्षा सुषम् वेदी के साथ न्यूयॉर्क के जन साधारण भारतीय कवियों का स्वागत अभिनन्दन किया था। विश्व भर में किस तरह हिन्दी का प्रचार-प्रसार होगा उसी के लिए न्यूयॉर्क स्थित भारतीय विद्याभवन के उद्योक्तागण प्रयासरत थे। विदेश में भारतीय खाना मिलना

सब समय आसान नहीं है। परन्तु उस कविसम्मेलन के लिए भारतीयों के लिए स्वतन्त्र व्यवस्था थी। मेरे रूम में थी अर्चना त्रिपाठी। उसने मुझे विस्मित करते हुए कहा—रात में भी इस पेनसिलवेनिया होटल में अठारहवीं मंजिल पर कॉफी पीने को मिलती है। हमने जाँच करके देखा सम्मेलन के सभी ऑफिसियल कार्यों के लिए रात भर कम्प्यूटर और इण्टरनेट खुले रहते हैं। उसी के लिए कॉफी की व्यवस्था थी। अर्चना बड़े ही खुशमिजाज किस्म की लड़की थी। एक तो वह पहली बार विदेश आयी है, और साथ में बड़े-बड़े चार बक्से लेकर आयी है। पहले जॉन कैनेडी एयरपोर्ट पर उसे देखकर मैं दंग रह गयी। इतने सारे लॅगेज के कारण उसे अधिक शुल्क भी देना पड़ा। पहली बार वह हवाई जहाज पर सवार होकर आयी थी, जिससे उसकी खुशी की सीमा ही नहीं थी। पर मैंने देखा उसमें काफी अच्छे गुण भी हैं। रोज वह फोन पर अपने बच्चों से बात करती थी। ऐसी ऊँची आवाज में बात करती कि आस-पास के सभी सुन सकें। बेहद स्वच्छ मन की थी वह। रोज सेमिनार के बाद सांस्कृतिक कार्यक्रम होते थे। सांस्कृतिक कार्यक्रम में अनूप जलोटा की गज़ल गायकी से सभी खूब आकर्षित हुए थे। एक दिन था सिटी टूर के लिए। हमें शहर भर घुमाकर महत्त्वपूर्ण क्षेत्र दिखाये गये। उसी में था स्टैच्यु ऑफ लिबर्टी समन्दर के भीतर वही स्टैच्यु ऑफ लिबर्टी अत्यधिक मनोमुग्धकर व विस्मयकर था।

हम जो न्यूयॉर्क आये उनमें से सिंह भाग ने अमेरिका के अलग-अलग जगहों में बसे आत्मीय स्वजनों से मिलने के लिए कार्यक्रय बनाये थे। दिल्ली के कुछेक कवि और लेखक इतिहाद और एयर इण्डिया के प्लेन से सेमिनार खत्म होने के बाद तत्काल लौट आये।

न्यूयॉर्क के पास ही है न्यूजर्सी। न्यूजर्सी में अनेक ओडिशा के लोग मकान खरीदकर स्थायी वाशिन्दे बनकर रह रहे हैं। मेरे अध्यापक गुरु डॉ. वसन्त दासजी का बेटा भी न्यूजर्सी में मकान खरीदकर रह रहा है। अमेरिका चलने से पहले मैं सर से बेटे का पता ठिकाना, फोन नं, ई-मेल वगैरह लेकर आयी थी। न्यूयॉर्क से फोन पर तीर्थ से बात हुई। उसने काफी अनुरोध किया कि मैं वहाँ उन लोगों के साथ एक दो दिन रह आऊँ। वसन्त सर जब वाणी विहार में रिसर्च कर रहे थे तब तीर्थ काफी छोटा था। स्टूआर्ट स्कूल में पढ़ता था। बढ़िया तबला बजाता था। मेरे बेटा-बेटी उससे एक कक्षा पीछे थे। तब दूरदर्शन केन्द्र कटक में था। सभी कार्यक्रय सम्भलपुर से रिले हुआ करते थे। जब मेरे बेटे-बेटी दूरदर्शन पर गाना गाते तब तीर्थ ने उनके साथ तबला भी बजाया है एक-दो बार। पच्चीस-तीस साल पुरानी वह बात तीर्थ को याद है। उससे मिलते ही उसने वही बात बड़ी

ही मासूमियत में कही थी।

तीर्थ मुझे ग्रेहाउण्ड बस स्टॉप से घर ले जाते समय बीच-बीच में कई बातें पूछता जा रहा था। मेरे बेटे-बेटी (प्रीतम और पूनम) के बारे में, और भी कई बातें। मेरी कविता के बारे में, गीतों के बारे में, मेरे सितार बजाने के बारे में, गाड़ी चलाते-चलाते वह सब कुछ पूछता जा रहा था। एडिसन् में तीर्थ का सुन्दर-सा मकान है। मकान के पिछवाड़े गमले में मल्ली की खुशबू मुझे ओडिशा की याद दिला रही थी। सुदूर अमेरिका में भी मल्ली की खुशबू न भुलाने वाली थी। तीर्थ ने पत्नी भारती से मेरा परिचय कराया। तमिल लड़की है भारती। बेहद भद्र और मार्जित। मैंने उसे उपहार स्वरूप अपनी कविताओं के तमिल अनुवाद की एक प्रति दी। मैं भुवनेश्वर से 'आरसा पीठा' लेकर गयी थी। उसने खुशी से खाये। पता नहीं कितनी सारी बातें पूछती जा रही थी। उसकी कोई सीमा ही नहीं थी। तीर्थ के दो नन्हे मुन्ने बेटा-बेटी हैं—मेघना और वरुण। लकड़ी से बना मकान। नीचे रसोई, डाईनिंगरूम, ड्राइगरूम और गेस्ट रूम। ऊपरी मंजिल पर तीर्थ का कम्प्यूटर रूम। बेटा-बेटी का बेडरूम और स्टडीरूम। भारती ने कॉफी बनाकर दिया। तीर्थ का बेटा बढ़िया गिटार बजाता है। तब ग्रीष्मावकाश था। उसी से वे दोनों अलग-अलग कैम्पों में चलकर काफी कुछ सीखा करते थे। भारती और तीर्थ दोनों व्यस्त रहते हैं। भारती एक विश्वविद्यालय में काम करती है। तीर्थ इंजीनियर है। सर (प्रो. दास और उनकी पत्नी शान्ति आपा/दीदी) हर साल एक बार आकर करीब छह महीना उनके साथ रहते हैं।

उस दिन शाम को तीर्थ के मकान के पास एक सम्भ्रान्त होटल में भारतीय सिखों का एक उत्सव था। ओडिशा से आयी सुस्मिता दास के गाने का प्रोग्राम था। भारती मुझे गाड़ी में साथ ले गयी। न्यूजर्सी भी मेरीलैण्ड की तरह सुनसान जगह है। लोग तब तक जमे नहीं थे। उस सांस्कृतिक सन्ध्या का व्यवस्थापक था तीर्थ। इसीलिए वह पहले से चला गया था। बहुत ही सुन्दर हिन्दी गीत गाया ओडिशा लड़की सुस्मिता ने। सुस्मिता का मकान वी.जे.वी. कॉलेज के पास ही है। परिचय हुआ। डिनर के बाद हम सभी आये। तब तक दोनों बच्चों को नींद आने लगी थी।

मुझे फिर सुबह पाँच बजे जॉन कैनेडी एयरपोर्ट पर पहुँचना था। मेरा इतिहाद प्लेन था ग्यारह बजे पर मुझे तीन घंटा पहले पहुँचना था। तीर्थ, देखो मुझे सही वक्त पर जगा देना। रात को मेरे साथ ले चलने के लिए फल वगैरह की पैकिंग कर रखी थी भारती ने। भारती को न जगा कर तीर्थ ने मेरे लिए चाय बना कर दी। कैसा छोटा-सा बच्चा था यह तीर्थ, आज एक दायित्व सम्पन्न पिता, पति

है, और एक प्रख्यात इंजीनियर भी। बारह सालों से वह अमेरिका में है। तीर्थ के मकान से एयरपोर्ट काफी दूर था, फिर भी उसने अपनी गाड़ी से मुझे लाकर समय पर छोड़ा था। विदा देते समय तीर्थ ने आवेग से काफी कुछ कहा। उसके बाद उसे बच्चों को स्कूल में छोड़ना होगा। फिर अपना दफ्तर। मैंने उसे और न रुककर वापस चलने को कहा।

आज हमारे देश से होनहार, प्रतिभाशाली और बुद्धिमान लड़के अमेरिका की तरफ आकर्षित होकर खिंचे चले जा रहे हैं। उससे ओडिशा में टिके बूढ़े माँ-बाप को अन्तिम समय में एक बूँद गंगाजल तक देने के लिए कोई पास नहीं होता। वसन्त सर के दो बेटे—तीर्थ और दीपू हैं। दोनों अमेरिका में हैं। मुझे नहीं मालूम, हर तरह की व्यस्तता में तीर्थ ओडिशा को किस भाँति स्मरण करता होगा।

जॉन कैनेडी एयरपोर्ट पर हम पहुँच चुके थे। मेरे ब्रीफकेस को ट्राली पर रख दिया तीर्थ ने। मैंने देखा वहाँ बक्से में पाँच डॉलर डालने पर ही ट्रॉली का लॉक खुलेगा। बेहद विचित्र है वह देश। ट्रॉली भी ताले-चाबी में रखी गयी है। तीर्थ हाथ हिला-हिला कर अलविदा कहता था इशारे से। पीछे रह गया अमेरिका, मेरीलैण्ड, सिलवरस्प्रिंग और अन्त में न्यूजर्सी, एडिसन और स्नेहभाजन तीर्थ।

कमल पोखर के गाँव मुनिन्दा में एक दिन

विषुव कविता के लिए आमन्त्रण, जयदेव भवन या स्वस्ति होटल नहीं, बुलावा था निहायत एक देहाती गाँव मुनिन्दा से। जहाँ बिजली की रोशनी नहीं, चाँदनी, शिशु की तरह अल्हड़ हवा और पद्‌म पोखर की महक होती है। उसी के पास कविता की महफिल। कतार बाँधे दलों में स्कूल के विद्यार्थी, ग्रामीण, फूलों की तरह फ्रॉक पहनी छोटी-छोटी लड़कियाँ कवियों की अगवानी के लिए दोनों ओर खड़ी हुई होती हैं। सभी के हाथों में फूल-मालाएँ। उनके शिक्षकों ने शायद उनके कोमल मन पर वह चेतना अंकित कर दी होगी कि कवि निश्चित रूप से सामान्य लोगों से भिन्न होते हैं। उनमें से कुछेक तो आगे बढ़-बढ़ कर चरणस्पर्श प्रणाम भी करते थे। लगभग आधी मील लम्बी थी वह कतार शिक्षक-शिक्षिकाएँ, बालक-बालिकाओं की। उसी के साथ महुरी (ग्रामीण शहनाई) और अनेक लोक वाद्य भी बज रहे थे। लयबद्धता में हर्षोल्लास से परिपूर्ण था परिवेश। मैं याद कर रही थी, तब मैं सिक्किम साहित्य परिषद के द्वारा निमन्त्रित होकर सिक्किम आयी थी। इसी तरह दोनों ओर कतार बाँधे खड़े मासूम बच्चे कवियों को गुलदस्ते और चन्दनार्चित करके स्वागत किये ले चलते थे मंच की ओर। आज इस पद्‌म पोखर का गाँव मुनिन्दा और सुदूर सिक्किम में मैं निविड़ साम्य महसूस कर रही थी।

मेरे साथ कर्नाटक की ख्यातनामा कवयित्री डॉ. विजया डावे भी थीं। वे कर्नाटक साहित्य अकादेमी की प्रतिनिधि के रूप में ओडिशा आयी हुई थीं। ओडिशा को प्रसंग के रूप में लेकर एक पुस्तक की रचना करना चाहती थीं डॉ. डावे। ओडिशा के लोगों के प्रति, ओडिशा के प्रति उनके मन में काफी आग्रह था। वह न होता तो भारत भर के इतने सारे राज्यों को छोड़कर ओडिशा पर लिखना क्यों चाहतीं? उस दिन वे मेरे साथ थीं। वह कविता उत्सव विश्व मुक्ति की तरफ से आयोजित था। उन्हें वे बुलाएँ न बुलाएँ, इसकी इच्छा भी उनमें नहीं थी। वे ओडिशा के जमीर को पहचानेंगी। शहरों से नहीं, गाँवों से, अतः गाँव में आयोजित कवितोत्सव के लिए उनके मन में अत्यन्त कौतूहल था। सम्मिलित हुए

बच्चों के फोटो, ढोल-शहनाई बजाने वाले वाद्यकारों के फोटो, पद्‌म पोखर और भव्य सौम्य शान्त प्रकृति की तस्वीरें वे जितनी कैमरे में नहीं उससे कहीं अधिक वे अपने मन में कैद करती जा रही थीं। मैसूर विश्वविद्यालय में वे कन्नड़ की प्रोफेसर थीं। वहाँ शायद वे ओडिशा के गौरव महानुभवता की प्रशंसा करेंगी। मुझे लगता है प्रत्येक कवि, चाहे ओडिशा का हो या कर्नाटक का, पंजाव का हो या बंगाल का, सब में एक सूक्ष्म चेतना होती है। उसी से शायद एक समधर्मा कवि को देखकर मन प्रमुदित आलोड़ित हो जाता है। प्रत्येक कविता तो कवि की आत्मलिपि होती है। इस सूक्ष्म जीवन के साथ जो जुड़े हुए हैं, वे ही कवि की मर्मवेदना, अभिव्यक्ति अनुभूति को समझ पाएँगे।

ओडिआ के अनेक परिचित कवि वहाँ उपस्थित थे। स्कूल के सामने खुले में मंच बना था। उसी मैदान के समीप ही था पद्‌म पोखर। कमल के फूलों की सुगन्ध से परिवेश आमोदित था। आसमाँ पर चैत्र की शोभायात्रा थी। गीति कविता की भाँति लग रहा था समय। काव्य पाठ शुरू हुआ। संयोजक मानो स्वयं कविता बन गये थे उस दिन। शब्दों में, ध्वनियों में, अपने आप गीति कविता मुखर होने लगती थी। विजया ने एक छोटी-सी कविता पढ़ी। बहुत ही सुन्दर थी वह कविता। मैंने उसका मर्मानुवाद किया। कैसी भावभीनी कविता थी वह—मुझे आज आसमाँ बुला रहा है। मुझे आज नदी, हवा बुला रही है, मैं उनके साथ मिलकर एकाकार हो जाऊँगी। क्योंकि मैं एक कवि हूँ।

जिसके पैर जमीन पर नहीं होते, जो केवल खोखले आत्मगर्व से स्पर्द्धित हैं, गाँव के आम आदमी तक पहुँचे नहीं हैं, जो उन्हें समझते नहीं हैं, वे ऊपरी तौर पर जीवित रहते हैं, वैसा उन्होंने उस दिन अपने अभिभाषण में कहा था। सुदूर मैसूर की दक्षिण भारतीय लड़की हैं विजया। ओडिशा की माटी की खुशबू, ओडिशा में पारिवारिक चाल, रीतियाँ, जीवन में धर्मधारा, जगन्नाथ संस्कृति, सब को लेकर एक सुन्दर-सी माला गूँथकर वे माता सरस्वती को पहना देंगी। उन्हें सरस्वती का वरदान मिला है अवश्य, उसी से वे बर्त्ताव में काफी नम्र थीं। जब तक वे ओडिशा में थीं, मुझे मुनिन्दा गाँव के उस कविता उत्सव के बारे में बतियाती रहती थीं। उस पद्‌म पोखर का गाँव, लोगों के आवेगमय चेहरे, वे सदा याद करती रहेंगी, कहती थीं।

काव्यपाठ के पश्चात भूरिभोजन की व्यवस्था थी। केले के पत्तल पर डालमा, अमृतमयी क्षीरी। उस सरल ग्राम्य भोजन के आगे बौना-सा लगता है किसी होटल या शहरी तामझाम। मतलबी लोग बस आत्ममग्नता में भटकते रहते हैं। दया आती हैं उन्हें देखकर।

पद्‌म पोखर का गाँव मुनिन्दा, मेरी स्मृति में सदा सजीव रहेगा।

अलसी फूलों का गाँव दामनयोड़ी

फरवरी का अन्तिम हफ्ता। शीत भुवनेश्वर से विदा लेकर कोरापुट दामनयोड़ी में अलसी फूलों के साथ आँखमिचौली खेलने में मशगूल था। हम कुछेक कवियों को दामनयोड़ी नालको और ओडिशा साहित्य अकादेमी की ओर से कविता के प्रसंग पर कुछ वक्तव्य रखने के लिए आमन्त्रण मिला था। प्रसंग था उत्तर आधुनिक कविता; भूमि और भूमा का स्पर्श। भुवनेश्वर से जो ट्रेन आजकल कोरापुट को जोड़ने में सहायक है, वह है हीराखण्ड एक्सप्रेस। कोलकाता से शान्तिनिकेतन के लिए गीतांजलि एक्सप्रेस से चलना पड़ता है। रवीन्द्रनाथ की कालजयी सर्जना है गीतांजलि। बंगीय कवि जीवनानन्द दास की सोनार बांगला भी एक कविता पुस्तक है। उसी नाम से ट्रेन है कोलकाता से पुरलिया के लिए। हमारी भाषा के कालजयी कवि गंगाधर मेहेर की रचना है तपस्विनी। तपस्विनी नाम से एक गाड़ी है जो सम्बलपुर से भुवनेश्वर को जोड़ती है। हीराखण्ड एक्सप्रेस के बदले किसी कालजयी ओडिआ कवि के नाम से किसी भी अमर रचना को जोड़ने से हमारी महत्ता किसी भी विचार से घटती नहीं। हम अपनी मातृभाषा के प्रति किस तरह सजग सचेतन हैं, उसी से अनुमान लगाया जा सकता है। हीराखण्ड में हम चार कवि सहयात्री थे; कवि आशुतोष परिड़ा, कवि गौर पट्टनायक, कवि शतृघ्न पाण्डव और कवि हृषीकेश मल्लिक। हम लोगों के साथ साहित्य अकादेमी के सचिव भी थे। गाड़ी रात को आठ बजे भुवनेश्वर से रवाना हुई। शतृघ्न और हृषीकेश मेरे प्रिय छात्रप्रतिम हैं। फिर भी उनका कथा सूत्र आधी रात तक टूटता नहीं था। आशुबाबू और मैं बीच-बीच में उस आलाप में सूत्रधारों की किरदारी करते थे। गौरबाबू हर बात के मौन श्रोता थे। बीच-बीच में सम्मति से माथा हिलाया करते। आसमाँ पर सन्ध्या तारा से लेकर दामनयोड़ी के भालुओं तक को लेकर प्रसंगों से चर्चा के माहौल में गर्माहट भरी हुई थी। कवि हृषीकेश 1971 में मेरे छात्र थे भद्रख कॉलेज में। इस बीच पैंतीस सालों का लम्बा समय बीत चुका है। वे एक प्रतिभा सम्पन्न कवि हैं पर अब भी मेरे लिए उनमें जो सम्मान है उसी से गुरुशिष्य परम्परा की याद बरबस हो आती है। कवि शतृघ्न ओडिआ

कविता के क्षेत्र में अपनी खास शैली के लिए जाने जाते हैं। वे भी एक आद्य पंक्ति के जाने माने कवि हैं। आशुबाबू अत्यन्त भद्र और शालीन हैं। हाल ही में वे सेवानिवृत्त हुए हैं। जब वे भद्रख कॉलेज में विज्ञान के छात्र थे तब मैं कला की छात्रा थी। हर एक के व्यक्तित्व की नींव तो विद्यार्थी जीवन में ढलकर दृढ़ हो जाती है। वैसे तब हम तीन भद्रख कॉलेज के छात्र सहयात्री थे।

शीतताप नियन्त्रित बोगी में दूसरे यात्रीगण कब के सो चुके थे। बड़े-बड़े पहाड़ों को काट कर बीच में चैनल बनाये गये हैं। गाड़ी अनेक टर्मिनलों में से गुजरती जा रही है। गति तेज है और दामनयोड़ी है अपना गन्तव्यस्थल। पहाड़ अरण्यों से घिरे कोरापुट को लेकर मैंने काफी सपने देखे हैं। विलक्षण स्रष्टा पुरुष गोपीनाथ महान्ति के हर एक उपन्यास, परजा से लेकर अपहंच तक, सब में उस आरण्यक भूमि और वहाँ के अधिवासियों की जीवन गाथा है। कोरापुट में सालों तक टिके रहने के कारण टिक्रिजानी, माण्डिआजानी, काजोड़ि आदि के प्रति उनकी हमदर्दी, उनके मन की बारीक से बारीक भावनाओं को वे बड़ी ही सहजता में भान लेते थे। हम आज टिक्रिजानी, माण्डिआजानी के गाँव को चल रहे हैं। कैसा होगा वह गाँव। अलसी फूल, सलप के पेड़ (आदिवासी लोग उसी पेड़ के रस से एक प्रकार का देशी शराब बनाते हैं) महुए के फूलों का गाँव है दामनयोड़ी। हीराखण्ड लीलायित छन्द से दामनयोड़ी आ पहुँचेगी। वह हमारे लिए गन्तव्यस्थल है। नालको के डिप्टी मैनेजर विजय बाबू और कवि अमेय विक्रमानन्द भूयां स्टेशन पर हमारा इन्तजार करते होंगे। छोटा-सा एक स्टेशन है दामनयोड़ी पर, उस धरती पर पता नहीं कितने कवि-शिल्पी कदम रखते हैं। उसी से दामनयोड़ी स्टेशन स्पन्दित हो उठता है। आरण्यक फूलों की खुशबू महकने लगी है। शीत की लहरी वहाँ फिर भी है। सम्मोहित होता जा रहा है मन। अति परिचित मित्रों की भाँति विजय बाबू और अमेय बाबू हमारी अगवानी करके गाड़ी तक ले चले। हमें हमारे छोटे-छोटे बैग तक को उठाने न दिया। उसी आतिथ्य के लिए तो हम लोग दौड़े आये हैं। कैसा अपनापन होता नहीं है उसमें कविता के लिए तो हर जगहों से आमन्त्रण आते रहते हैं। किन्तु अनेक के आतिथ्य से मुग्ध होना ही पड़ता है। विजय बाबू अपनी सैण्ट्रो गाड़ी खुद चला कर आये थे। रास्ते में गायक अक्षय महान्ति के दामनयोड़ी में गाने के प्रसंग बतलाने लगे। वे तन्मय हो बोलते जा रहे थे। 'हे फगुण तुमे गला पेर अनेक यातना एठि'—यही कैसेट गाड़ी में बज रहा था। भावप्रवण इनसान हैं विजय बाबू। चढ़ाई चढ़ते-उतरते गाड़ी आगे बढ़ती जा रही थी। और हम अन्त में नालको शैल निवास पहुँच गये। वहाँ सारा प्रबन्ध पहले से हो चुका था। अनुच्च पहाड़ी पर है वह गेस्टहाउस।

सामने है सुन्दर बगीचा। केलि कुसुम से लेकर तरह-तरह के फूलों से भरपूर सुसज्जित और सुरक्षित बगीचा। साढ़े दस बजे हमारी बैठक थी। अमेय बाबू ने हमें तैयार होकर डाइनिंग हॉल में आने का अनुरोध किया। तब सुबह नौ बजा होगा। शैल निवास को घेरकर बड़े-बड़े शीशम और शाल के दरख्त हैं। सलप के अनेक पेड़ भी। सारे वृक्ष कोमल पत्र-विमण्डित थे। चिड़ियों की समवेत रस भीगी चहक सुनाई दे रही है। फरवरी के अन्त में भी शीतल हवा तन-मन में ताजगी और शीतलता भर रही है। आरण्यक वृक्षों में अपूर्व महक होती है। वह सुगन्ध अन्तर्मन तक को महकाए जा रही है।

दोनों ओर आसमाँ को भेदते-से थे शीशम, शाल, सलप वन। मानो हमें अभिनन्दित करने को वे वृक्ष खड़े थे। दामनयोड़ी के उन पेड़ों में मानो हमारे लिए भरपूर अपनापन है। वह पल था मन्त्रमुग्ध हो जाने का। धीरे-धीरे बैठक का समय भी होने लगा था। अपने अन्दर तब उस भाव सुकुमारिता को अपने में सहेज कर रख लेना ही होगा। बाहर हमारे लिए गाड़ी पहुँच चुकी है। पहाड़ी चढ़ाई चढ़ते-उतरते हम नालको सिविक सेण्टर पहुँचे। गेस्टहाउस से अधिक से अधिक दस मिनट के फासले पर है वह सेण्टर। शीतताप नियन्त्रित था वह हॉल। परिपूर्ण दर्शक श्रोता थे। सुदूर दामनयोड़ी में कविता के प्रति दुर्वार आग्रह हेतु मैं अभिभूत थी। दो घंटों का काव्यपाठ और चर्चा। मैं काफी चाव से सुनने वालों को निरखती जा रही थी। प्रयुक्ति विज्ञान और साहित्य की वह युगलबन्दी बेहद भली लग रही थी। नालको के जनरल मैनेजर डॉ. सुतार ने अपने विद्यार्थी जीवन के प्रसंगों के आधार पर सम्बोधित किया। उस भाँति एकाएक पल कई दिनों से बन्द अनुभव के द्वार अनायास खोल सकता है, मैंने महसूसा। एक साथ अनेक कवियों को देखकर वे भावविह्वल होने लगे। भुवनेश्वर के कवियों को तो बस टेलीविजन के पर्दे पर ही देख पाते हैं, कुछ लोगों का कहना था। कोरापुट में तमसा नदी, जिस नदी का उल्लेख कवि गंगाधर ने अपनी अनुपम रचना तपस्विनी में किया है—पम्पा सरोवर जो पुराण प्रसिद्ध है, वह भी वहाँ है। रत्नगर्भा ओडिशा—सब यहीं है। दो बज चुका था। मध्याह्न भोजन के लिए सभी श्रोता भी आमन्त्रित थे। सभी शृंखलित। कोरापुट के लगभग सभी इलाकों से श्रोता सम्मिलित होने आये थे। कुछेक शिल्पी, संगीतकार, अध्यापक, शिक्षक। सबकी मौजूदगी से माहौल जीवन्त था। चारों ओर पर्वतों से घिरा सिविक सेण्टर। फागुन वसन्त की झाँकी थी सब ओर।

एक सुन्दर-सी बालिका ने आकर मुझे चरणस्पर्श किया। सबके चेहरे पर खानदानी आभिजात्य निखर रहा था। वह सम्बलपुरी परिधान पहनकर अपूर्व

लगती थी। वह लजाती हुई आयी। उसने कहा, मैडम, मैं पन्द्रह साल पहले आपकी छात्रा थी, बिजेवी में। दामनयोड़ी में मेरे पति नालको में हैं। यहाँ अंग्रेजी मीडियम स्कूल में अध्यापिका हूँ। एक ही श्वास में सारी सूचना दे डाली उसने। आप शायद भूल गयी होंगी। अरसे के बाद आपसे मिलकर मैं तो बेहद खुश हूँ। मेरी तीन कहानी-उपन्यास की पुस्तकें छप चुकी हैं। एक अध्यापिका के लिए यह उपलब्धि किसी पुरस्कार से अधिक ही है। उन दिनों के अनुभव, बिजेवी में अध्यापन-जीवन ने मुझे कई तरह से गौरवान्वित किया है। मध्याह्न भोजन के बाद समारोह का दूसरा सत्र शुरू होगा। कवि आशुतोष परिड़ा और गीतिकवि गौर पटनायक द्वितीय अधिवेशन के अतिथि कवि थे। प्रथम अधिवेशन की भाँति उस समय भी हॉल श्रोताओं से भरपूर था। काव्यपाठ, कविता पर आलोचना चर्चा से द्वितीय अधिवेशन का समापन हुआ। सभा के अन्त में सभी कवि और अतिथिगण नालको तथा साहित्य अकादेमी के द्वारा उपायन स्मारकी से संवर्द्धित हुए।

शैल निवास को लौटते-लौटते शाम ढल चुकी थी। आगे-पीछे दो गाड़ियों के आते समय दो विशालकाय भालू राह रोके खड़े थे। हमारे साथ इंजीनियर पटनायक भी थे। उन्होंने बताया, कभी-कभार ऐसे ही सड़क पर खड़े या बैठे भालू मिल जाया करते हैं। ये किसी को कोई नुकसान नहीं पहुँचाते। हम कुछ देर इन्तजार करके उनके सरक जाने के बाद चलेंगे। धीरे-धीरे वे भालू उतर कर जंगल में गायब हो गये। हम गेस्टहाउस पहुँचे। सुना, कभी-कभी वे भालू गेस्टहाउस के बरामदे पर भी आ जाते हैं। भुवनेश्वरवालों के लिए वह अनुभव खौफनाक था। दूसरे दिन सुबह हमारे क्रोमाइट पहाड़ी एरिया देखने जाने की बात थी। उसके साथ श्रीजगन्नाथ मन्दिर और दामनयोड़ी के अन्य दर्शनीय स्थलों को भी देखने की योजना थी। शाम को हमारी वापसी की गाड़ी है। जगन्नाथ मन्दिर में गायत्री मन्त्रोच्चार गम्भीर व मधुर लगा। सुबह के छह बजे थे। सुबह की शीतल हवा से तन मन उल्लसित था। पीली धूप पेड़-पत्तों पर मोहक लग रही थी। दर्शन आदि हमें शीघ्र ही निबटाना होगा। नाश्ता तैयार हो चुका, हमें फोन पर किचेन से खबर मिली। कवि अमिनेत्र ने आकर बताया हमें आठ तक तैयार हो जाना है क्योंकि ड्राइवरों के हड़ताल की कारण डॉ. पटनायक और डॉ. पुहाण अपनी-अपनी गाड़ी लेकर स्वयं लेने आएँगे। पहाड़ों को फोड़ कर किस प्रकार क्रोमाइट निकाला जा रहा था, वह हमें देखना था।

स्वर्णप्रसु ओडिशा। उसके गर्भ में क्या जाने कितने अनमोल खनिज पदार्थ हैं, जिसकी कोई तुलना नहीं है। उन खनिज द्रव्यों को बटोरने की परिकल्पना,

योजना है नालको की। कोरापुट के क्षेत्र भर में ये खनिज द्रव्य परिपूर्ण रूप से है। सही समय गाड़ी आ पहुँची। लगभग पन्द्रह-बीस मील की दूरी पर है उनका दफ्तर। चलते समय फोटोग्राफर भी साथ चले थे। रास्ते में कई-कई झरने अविरल प्रवाहित हो रहे हैं। अनजान किसी फूल की खुशबू और लतावृक्षों से वानस्पतिक सुगन्ध आ रही है। डॉ. पटनायक ने बताया कि वह 'अलसी' फूलों की ऋतु नहीं है। सर्दी के मौसम में जब अलसी खिला करता है तब उसकी सुगन्ध सौन्दर्य से सम्पूर्ण परिवेश खिला-खिला-सा लगता है। कोरापुट की सर्जनशीलता को द्विगुणित कर देता है। गोपीनाथ महान्ति अप्रतिम उपन्यासकार थे; उनके प्रति कोरापुट का आशीर्वाद कोई कम नहीं था। लौटते हुए दर्शन के लिए जगन्नाथ मन्दिर आये। पहाड़ के ऊपर है मन्दिर। भव्य कलात्मक रीति में तीनों विग्रह प्रतिष्ठित हैं। पास ही है शिव-पार्वती मन्दिर। जगन्नाथ को प्रतिदिन 'अभड़ा' (अन्न महाप्रसाद) लगाया जाता है। देश हो या परदेश, हर जगह जगन्नाथ हैं। हर जगह जगन्नाथ की प्रतिष्ठा हुई है। वे तो हमारे लोक देवता हैं। सब के सुख-दुःख के साथी। वहाँ से लौटकर 'कण्टा बाउँशुणी' (कँटीले बाँस के झुरमुटों का गहन अरण्य प्रदेश) देखने आये। निहायत सघन था वह क्षेत्र। बाँस तले पत्थर की देवी। कोई मन्दिर है नहीं) धूप, वर्षा, शीत, हर मौसम में वहीं विराजित। लाल चूड़ी, काली साड़ी में शोभित। जो मनौती कर आते हैं वे काला कपड़ा और लाख की चूड़ी बाँध आते हैं बाँस के तन में। प्रत्यक्ष आदिवासी देवी के रूप में उनकी अपार ख्याति है।

कैसा वैचित्र्यमय है यह अपना सांस्कृतिक-सामाजिक जीवन? शाम छह बजे हीराखण्ड एक्सप्रेस दामनयोड़ी स्टेशन पर पहुँचेगी। डॉ. पटनायक और डॉ. दास हमें विदा करने आएँगे। उस समय कारोपुट आकाश पर सन्ध्यातारा चमकने लगा था, वासन्ती शाम गहरी होती जा रही थी। बहुत पहले की मेरी एक गीतकविता कवि हृषीकेश मल्लिक को खूब याद थी। उस समय वह गीत बेहद तात्पर्यपूर्ण लगा।

'तुम्हारे गाँव का सन्ध्यातारा बनकर मरने के बाद भी मैं बुझ नहीं जाऊँगी, तुम मुझे निहारते रहोगे।' 'सन्ध्यातारा' पर एक नातिदीर्घ पर ठोस चर्चा कवि आशुतोष परिड़ा और शतृघ्न पाण्डव में छिड़ चुकी थी। ट्रेन के आने की आवाज क्रमशः सुनाई देने लगी और चीखती घरघराती आ पहुँची। अपना हल्का-सा बेग लेकर मैं पहले से आरक्षित कम्पार्टमेण्ट में दाखिल हो गयी। हीराखण्ड एक्सप्रेस

कम समय के लिए उस स्टेशन पर रुकती है। प्लेटफॉर्म पर खड़े-खड़े डॉ. पटनायक और श्री दास हाथ हिलाते-हिलाते बोल रहे थे, "मैडम, एक बार सपरिवार आप दामनयोड़ी अवश्य पधारेंगी, शैल निवास पर हम आपके लिए सारा प्रबन्ध कर देंगे।" गहरा अपनापन था उस अनुरोध में। पराये को अपना लेने की हमारी परम्परा, संस्कृति ने हमें सबसे ऊपर रखा है। काजोड़ी, सुकृजानि, माण्डियाजानि के गाँव धीरे-धीरे पीछे छूटते गये। गाड़ी मानो तेजी से भागती जा रही थी।

गोदावरी की सुबह

प्रख्यात बांग्ला कवि श्री सुभाष मुखोपाध्याय ने लिखा है–'फुल फुटुक नाइँ, फुटुक आज वसन्त।' अप्रैल वसन्त की ऋतु। अनेक फूलों का सम्भार लिए यह ऋतु है परिपूर्ण। मौलिसरी ने अपनी रूप शोभा से वसुन्धरा को विमुग्ध कर रखा है। कुहू केका कल काकली से मूर्च्छित है पथ प्रान्त। चारों दिशाओं में वसन्त का जयगान–'आजि वसन्त जाग्रत द्वारे।'

रात भर की ट्रेन यात्रा। जब आँख खुली तब गोदावरी के पुल पर ट्रेन नृत्यायित भंगिमा में झूमती जा रही थी। बेहद लुभावनी सुबह! बेशुमार पक्षी-पक्षिणियों की सम्मिलित काकली की मूर्च्छना-मुखर थी वह सुबह। कृष्णा, कावेरी, गोदावरी। कई बार मैंने सोचा है गोदावरी को लेकर, गोदावरी ही नहीं, सालन्दी, सुवर्ण रेखा के बारे में भी। मेरी मानस प्रतिमा है गोदावरी; तरंगायित गोदावरी। कैसी मोहिनी है यह तटिनी? पहले क्या कभी नहीं देखा था इसे! यह तो कह नहीं पा रही हूँ। देखते ही देखते उसकी विपुल सुन्दरता से मुग्ध विभोर आत्म विभोर हो भूल गयी हूँ मानो।

ओडिशा से हम कतिपय लेखक-लेखिकाएँ आमन्त्रित हो कर्नाटक की राजधानी बँगलूर में आयोजित द्विभाषी संगोष्ठी में भाग लेने जा रहे थे। 'साम्प्रतिक' की ओर से उसके लिए एक महीना पहले ही तैयारी हो चुकी थी। हमारे सहयात्री थे वरिष्ठ साहित्यकार श्रीयुत किशोरी चरण दास, श्रीयुत महापात्र नीलमणि साहू, प्रो.यतीन महान्ति, प्रो. नित्यानन्द शतपथी, श्रीयुत मनोरंजन दास आदि। उन महान सारस्वत साधकों के साथ सम्मिलित हो मानो यह तुच्छ जीवन सार्थक हो गया था।

रात भर की ट्रेन यात्रा के बाद एक मधुर परिवेश में प्रभात, सुबह की वासन्ती हवा में गोदावरी सतेज हो उठी थी। उस फागुनी उषा की भोर को न जाने कितनों ने, कई रूपों में उपभोग किया होगा! पिछली रात के अवसाद को तब वह सुबह मिटा चुकी थी। आज मन लगता है मानो, उल्लास आभायित है। वन मल्ली का गाँव। उन दिनों काफी गुलमोहर खिला करते हैं। उनकी नाजुक-सी

कलियों को लेकर बचपन के दिनों में लड़ाई करना जैसे एक विलास था। वे स्वप्नमय सुबह छूट कर कहीं पीछे रह गयी है। वन मल्लिका के जीवन का ये अभावनीय आनन्द मेरे लिए पर्याप्त है।

सामने है पुण्यतोया गोदावरी। अनेक पुण्य फल से गोदावरी-दर्शन होता है। प्रवाद है, धारा में अर्थ समर्पित करने से पुण्यार्जन होता है। गंगा की तरह वह नदी जल पवित्र और मन्त्रसिद्ध है। यही आस्था है। जुलूस के समान अनेक छोटी-छोटी डोंगी और कई नावें हैं स्रोत-सतह पर। मानो सभी हैं अनन्त पथ के यात्री, न अन्त होने वाली यात्रा।

'चलो रे यात्री, उषा के द्वार पर
हुआ है शंखनाद
बीत गयी है रात तिमिरित'।

सभी के अन्तस्थल में है कविता का प्लावन। सभी हैं कवि। ट्रेन मन्थर गति से झूमती जा रही है। उसी में है संचारित कवित्व। काश कुछ देर के लिए वहाँ गाड़ी रुक जाती! समय स्थिर हो रह जाता एक ही बिन्दु पर। गोदावरी लग रही है सुगन्धित विभोर। मंत्रसिद्ध पावन है जल। पिछली रात को खिली अरुन्धती सुबह के प्रकाश में छिप गयी है आकाशी रंग के चित्रित आँचल में। मेरी प्रिय नदी है गोदावरी। आद्य दर्शन ही से मैं तल्लीन हो गयी हूँ। नील कुन्तला नदी के भँवरों में मानो मैं निमज्जित-सी हो गयी हूँ। उस अचिन्तनीय पल में, स्वप्नमयी सुबह के स्निग्ध स्पर्श से जैसे मैं पूर्णतया कविता से मूर्तिमती हो गयी हूँ। अन्य सभी सुबहों से गोदावरी का वह प्रातःकाल कैसा सुहावना मनोमुग्धकर, अमृतमय है यह पहले कभी अनुभव नहीं हुआ था। हवा के साथ मैं भी मिल जाऊँगी क्या, कलध्वनि में मैं खो तो जाऊँगी नहीं! मेरी सारी शून्यता, सम्पूर्ण अकेलापन। सब कुछ आज विसर्जित कर दूँगी गोदावरी में मानो! मेरा आकाश निर्मेघ हो जाएगा। निर्मल हो जाएगा। आनन्द और उल्लास की प्रतिध्वनि दूर-दूर से मूर्च्छित हो आती होगी। काश मैं चाहत की एक निर्झरिणी बन जाती।

रवीन्द्रनाथ की वह कविता गुनगुनाने की खूब इच्छा हो रही है—

'तोमाय देखेछि शारद प्राते
तोमाय देखेछि माधवी राते।'

आज इस वासन्ती प्रभातकाल में अपूर्व लग रही है गोदावरी, नीलाम्बरी। मैं क्रमशः मन्त्रमुग्ध-सी होने लगी हूँ। आत्ममग्न होती जा रही हूँ।

महानदी से महानन्दा तक

महानदी पार करके महानन्दा के पास मुझे स्वप्न-सा लग रहा था। महानदी मालदा के उपकंठ पर प्रवाहित नदी है। गंगा भी तो उसी मालदा को छूती हुई बहती गयी है। गंगा पर विराट डैम है—फारका डैम। हीराकुंड से भी बड़ा। गंगा वहाँ भीषण उग्ररूप लिए अतिशय प्रगल्भा है। मानो कहना चाहती है—क्यों उसकी स्वच्छन्द गति को रोकने की कोशिश कर रहे हो! किसे क्या नुकसान पहुँचाया है उसने! प्रवहमानता तो धर्म है उसका! उसे रोकोगे तो वह उग्र होगी ही। भयानक भी होगी। वहाँ बाँध की चौड़ाई है दस किलोमीटर। बेदम हो मानो गौड़ एक्सप्रेस दौड़ती जा रही है। नीचे आलुलायित केशा उन्मादिनी गंगा। सतीर्थ एक कवि गुनगुनाए जा रहे हैं—

'आमि चिनि गो चिनि तोमाय अगो विदेशिनी।'

और कुछ ही दिनों में पूजावकाश होगा। फिर भी पूजा की। पर्व शुरू हो चुका था। बगीचे में हरसिंगार के फूल सुशोभित होकर भोर आभूषण उतार देने की भाँति, निर्विकार शरत प्रभात का उपयोग करती, सचेतनता में सुबह-सुबह उत्सव मना रही थी। उस दिन सुबह ही अचानक कविता के लिए आमन्त्रण मिला पश्चिम बंगाल के मालदा जिले से। पी. ई. एन. कोलकाता तथा मालदा साहित्य परिषद् के सहयोग से पूर्वांचलीय कवि सम्मेलन में सम्मिलित होने के लिए था वह आमन्त्रण। उसके अलावा श्री अमित गुप्त का अलग से एक व्यक्तिगत पत्र भी था—'आपनि सपरिवार निश्चय आसबेन एवं गेस्टहाउस नय, आमार कुटीरे थाकबेन।' अमित गुप्त से मेरी कविताओं के संकलन 'मेघ हये आबार फिरबे' के उद्घाटनोत्सव के अवसर पर कोलकाता में कुछ माह पहले मुलाकात हुई थी। साहित्य के साथ उनका लगाव हमेशा रहा और अब सेवानिवृत्त होकर पूर्ण रूप से सारस्वत साधना-मग्न हैं। देखने में काफी सामान्य, एक सीधे-सादे आदमी। काफी दिन बीते, कोई जवाब न पाकर शीघ्र सम्मति-स्वीकार करने के लिए पत्र आया। कोलकाता से पी.ई.एन. सचिव ने फोन पर बताया कि किसी तरह की असुविधा नहीं होगी। कोलकाता से सुनील, अमिताभ आदि भी आ रहे हैं। उनके

लिए ट्रेन में आरक्षण हो चुका है। नवनीता देवसेन भी शामिल हो सकती हैं। रास्ते में शान्तिनिकेतन पड़ेगा इसका भी कोई कम आकर्षण नहीं है। विशेषकर उनके लिए जो वहाँ कभी विद्याध्ययन कर चुके हैं।

कई दिनों से शान्तिनिकेतन पहुँचने की प्रबल इच्छा थी। पीछे छूटे दिनों को फिर से तलाशूँगी। तत्काल सम्मति दे दी। स्वप्नतीर्थ शान्तिनिकेतन। अब वर्षा के बादल आलिंगन मुद्रा में शान्तिनिकेतन की धरती पर झुक आये होंगे। वर्षा और शरत ऋतुओं में शान्तिनिकेतन अप्रतिम सुन्दर लगता है। पल्लवित वृक्षलताएँ तब नववधू के समान सजी-धजी-सी लगती हैं। बांग्ला भाषा और साहित्य के साथ मेरा सम्बन्ध 1969 में स्थापित हुआ था, उसी शान्तिनिकेतन में जब मैं एम.ए. की छात्रा थी। तरुछाया में क्लास लगता था। प्रकृति की अनुपम सुन्दरता से मुग्ध हो मैं अनमनी-सी हो जाती थी। क्लास समाप्त होने पर भी मेरा मोहभंग नहीं होता था। तब मानो मैं कहीं और खो गयी होती थी। शान्तिनिकेतन में दो सालों की अवधि में मैं बांग्ला भाषा साहित्य के साथ आत्मीय-सी हो गयी थी। अपनी मातृभाषा के प्रति श्रद्धा के साथ-साथ मैं अन्य सभी भाषाओं को भी प्यार करती हूँ। हर भाषा, हर जाति, सभी धर्मों का मिलन स्थल है यह भारतवर्ष। कवि गुरु रवीन्द्रनाथ ने कहा था–'एइ भारतेर महामानवेर सागर तीरे।' वृक्ष की किसी भी शाखा पर फूल क्यों न खिले, वह वृक्ष के लिए गौरव है। भारतवर्ष उसी प्रकार एक महामहीरुह है। प्रत्येक शाखा-प्रशाखाओं की भाँति तो हैं सारे प्रान्त! प्रत्येक देश जब अपनी भाषा को लेकर पूर्णता प्राप्त करता है, तब ही अन्य देशों के साथ सच्चे भाषायी सम्बन्ध की प्रतिष्ठा हो पाती है। अतः कौन बड़ा, कौन छोटा इस प्रकार की चर्चा से एक की न्यूनता ही प्रकाशित होती है, अतः वह चर्चा ही अनुचित है।

गाड़ी आगे बढ़ती जा रही थी। नीचे कल्लोलिनी गंगा। एक और कवि गुनगुनाने लगे–'आमार सोनार बांगला, आमि तोमाके भालोवासि।'

ट्रेन की खिड़की से फारुखा डैम का लैण्डस्केप बेहद सुन्दर लग रहा है। बादलों से घिरा आकाश गम्भीर लगता है। आसमाँ में सूरज दिखता नहीं है। अलग-अलग भाषाओं के कवियों को लेकर गौड़ एक्सप्रेस दौड़ रही है। लक्ष्य पर पहुँचने के बाद ही वह रूकेगी। उसके पहले कतई नहीं। शक्ति चट्टोपाध्याय की सहधर्मिणी और अमिताभ दासगुप्त की पत्नी बतियाने में मशगूल हैं। दुनिया भर की कथा की पिटारी शायद उन दोनों ने खोल रखी है। शायद और कम ही समय में गाड़ी मालाद पहुँचेगी।

चहुँओर कविता की महक फैली हुई है।

लोकारण्य मालदा स्टेशन की भीड़ में गुलदस्ता लिए लोग छँटकर दिखाई पड़ते थे। हमारा स्वागत करने का वह आयोजन भव्य और आत्मीय था। कवियों का स्वागत गुलदस्तों से होगा। कविसत्ता सम्मानित होगी। कौन बड़ा, कौन छोटा, कौन अध्यापक, कवि, कौन आई.ए.एस. कवि है इसका कोई हिसाब-किताब नहीं है। सभी समान, सभी सम धर्मा। वे बंगाल के हों या ओडिशा के। कवियों के प्रति, कविता के प्रति वहाँ अपरिसीम श्रद्धा-सम्मान था, छलना रहित, जिसमें किसी प्रकार का दिखावा नहीं था। मानो वह सम्मानित करने की ललक उनकी अन्तरात्मा में विराजित थी।

अति प्राचीन है मालदा (मालदह) का ऐतिह्य मालदा एक फारसी-बांग्ला शब्द है। फारसी में माल का अर्थ है ऐश्वर्य। बांग्ला में दह का अर्थ है सागर, झील। अतः मालदा को ऐश्वर्य सागर कहा जा सकता है। गौड़ साम्राज्य के अनेक गौरवमय अध्यायों की रचना उस माटी पर हुई है। इस मालदा की माटी को पहले छूकर गंगा ने बंगभूमि में प्रवेश किया है। राजमहल पहाड़ी उसकी प्रतिरक्षा दीवार है। महानन्दा, फूलहार, भागीरथी, कालिन्दी, पुनर्भा आदि नदियाँ इस मालदह या मालदा की माटी को प्लावित करती रहती हैं।

प्रत्येक साहित्य अपनी सांस्कृतिक परम्परा के प्रवहमान स्रोत की पहचान को छाती पर जड़ाए हुए अपने आप प्राणपूरित, आन्तरिक और हृदयग्राही हो जाता है। एक बंगीय कवि की कविता की एक पंक्ति याद हो आती है—मैं सम्पर्क सूत्र लिए आदमी के पास पहुँचना चाहता हूँ। आदमी के साथ आदमी को जोड़कर सब को प्यार की डोरी में बाँधे रखना यथार्थ साहित्य का धर्म है। अन्धकार, असत्य, अविश्वास को नकार कर सत्य-स्वरूप का उन्मोचन करना साहित्य है। बिल्कुल यही बात उस दिन मालदा महाविद्यालय के बांग्ला विभाग के प्रोफेसर विभावसु दत्त ने कही थी। वे एक मितभाषी कवि हैं। बोलने में मधुर और अधरों पर सरल मुसकान मानो हमेशा रहती है। मालदा में उस दिन अनेक गण्यमान्य कवि उपस्थित थे। एक लड़की अति सम्भ्रमता में आकर मेरे पास बैठ गयी और बिना किसी गौरचन्द्रिका के बोलने लगी—'सुना, कल आप शान्तिनिकेतन चली जाएँगी। सुबह हमारे घर पर मालदा की चाय न लेकर आप कैसे जा सकती हैं।' उसकी बात और नजर में सौम्य आत्मीयता थी। मुझे वह बेहद परिचित-सी, निहायत अपनी-सी लगी। मुझे तो उसके उस आन्तरिकता से भरपूर आमन्त्रण ने मोह लिया। बाद में मालूम हुआ कि वह मेरे अनुजप्रतिम विभावसु की पत्नी गोपा है। उसने मेरी ओर अपना स्नेहिल निःस्वार्थ हाथ बढ़ाकर मुझे अभिभूत कर दिया। आज के समय में इस प्रकार का आत्मीय स्नेह विरले को ही प्राप्त

हो पाता है। इसी प्यार के अभाव में आदमी अपने ही घर पर 'आउटसाइडर' बन जाता है।

गोपा ने कहा है कि वे पुरी दोनों आने से पहले खबर करेंगे। स्नेह विहीन मनुष्य उसी तरह सम्पर्क की डोरी थामे एक और मनुष्य के पास आता है। केवल ओडिशा में ही नहीं सुदूर मालदा में भी अन्तरंगता के स्पर्श से मैं विभोर हो गयी। दूसरे दिन सुबह चाय के लिए चलने के पहले विभावसु आकर हाजिर हो गये। प्रातः कर्म से निवृत्त होकर महानन्दा तट की ओर चलना चाहती थी। भोर की सतेज हवा में महानन्दा की नींद टूट चुकी थी। कटक की महानदी और मालदा की महानन्दा एक जैसी है। फिर भी हर नदी की परिभाषा जानने की चाह मुझमें बरबस हुआ करती है। महानन्दा को पीछे छोड़कर हम विभावसु के घर पहुँचे। गोपा अति आग्रह तत्परता से हमारी प्रतीक्षा में एक लक्ष्मीलक्षणवती ग्राम्य वधू की तरह थी। स्वर्णिम रंग की साड़ी में बेहद सुन्दर लग रही थी। युगों से नारी में यह महनीयता, उदारता रही है, जिससे संसार अधिक सुन्दर हो जाता है। सद्यः विवाहित विभावसु की तरह एक और लक्ष्मी स्वरूपा बहू को पिछली पूजाछुट्टी के अवसर पर देखकर एक कविता लिखी थी, वह है–

'उसके कोकनदसदृश करतल, कामिनी पत्ते की भाँति नम्र उज्ज्वल नेत्र, विश्वासमयी वसुन्धरा को बाँधे हुए है।' गोपा को देखते ही वह कविता याद आयी। विदा लेकर आते समय आर्द्रकण्ठ से उसने कहा–फिर एक बार अवश्य आएँगी मनोरमादी। उसकी आँखों में मैंने फिर एक बार बचपन के रसोई घर के बरामदे पर भाई-बहनों से बतियाने का अपनापन देखा। वह दूर आकाश के तारे की तरह मेरी स्मृति में सदा बनी रहेगी।

कंचनजंघा एक्सप्रेस में आरक्षण हो चुका था। मुझे विदा करने को आये सब की आँखों में फिर एक बार आने का आमन्त्रण था। ट्रेन चलने लगी सितम्बर का आकाश निर्मेघ और नील था। दूर क्षितिज पर मीलों लम्बी फलों से लदी अमराई नजर आ रही थी। मालदा के आम भारत भर में मशहूर होते हैं। कंचनजंघा एक्सप्रेस की गति तेज होने लगी थी।

पद्मा और मेघना के देश में दो दिन

बांग्लादेश की पद्मा और मेघना, दोनों आवेगमयी नदियाँ हैं। लोभनीया हैं दोनों नदियाँ। ऋतु वसन्त जिस समय अवतरित होने की तैयारी में थी, तब ढाका विश्वविद्यालय से कविता संगोष्ठी में सम्मिलित होने का आमन्त्रण मिला। आगे वसन्त पंचमी थी। कविता उत्सव के अवसर पर वार्षिक पुस्तक मेला का भी आयोजन होता है।

विदेश से कविता के लिए आमन्त्रण के साथ-साथ कई तरह की समस्याएँ भी आती हैं। सेमिनार हो या कवि सम्मेलन उसके लिए अर्जित अवकाश ही लेकर चलना होता है। उसके अतिरिक्त विदेश-यात्रा के लिए सरकारी अनुमति भी जरूरी है। इस तरह की रुकावट और पाबन्दियों को पार करते-करते विदेश-यात्रा का आनन्द भी पनीला हो जाता है। गतवर्ष ग्रीस यात्रा के समय सरकारी अनुमति देर से मिलने के कारण आजतक विभिन्न असुविधाओं का सामना करती आ रही हूँ।

पर इस बार का यात्रा-योग सम्पूर्ण भिन्न था। बांग्लादेश के वीसा से लेकर हवाई टिकट तक के लिए मुझे कुछ नहीं करना पड़ा। मुझसे सम्मति पत्र प्राप्त होने के बाद यथा समय कोरियर से सारे कागजात पहुँच गये थे। जनवरी अन्तिम सप्ताह तक भुवनेश्वर में वसन्त ऋतु आ जाती है। कृष्णचूड़ा और सप्तपर्णी फलों से भुवनेश्वर पुष्पित-शोभित हो जाता है। भुवनेश्वर से कोलकाता हवाई यात्रा के समय काफी पीछे रह गया था मेरा प्रिय गाँव, प्रिय नदी और प्रिय लोग। बादल के वहित्र में पक्षीराज घोड़े पर सवार होकर मेरा मन कहीं सुदूर में उड़ चला था। उन्हीं बादलों में से मैं मानो अपने आप को निरखती जा रही थी कि कहीं ऊपर से मेरी प्रिय नदी सालन्दी को देख पाऊँ।

कोलकाता से मेरे संग प्रो. नवनीता देवसेन जाने वाली थीं। कवि सुनील गंगोपाध्याय और समरेन्द्र सेनगुप्त एक दिन पहले ही चले गये थे। सुभाष बोस अन्तरराष्ट्रीय हवाई अड्डे पर ही नवनीता देवसेन के साथ भेंट होगी। जनवरी 31 को कोलकाता उत्कल भवन में रुककर सुबह एयरपोर्ट पहुँचना था। देर होने

पर शायद फ्लाइट न मिले, इसलिए पहले ही से टैक्सी आरक्षित थी। गाड़ी के पहुँच जाने की सूचना फोन पर ही सही समय मिल गयी। बाहर घना कोहरा था। शायद वर्षों से मुझे घने कोहरे का वैसा अनुभव नहीं था।

रणक्षेत्र को जाने वाले को पीछे हटना शोभा नहीं देता। मेरी हर यात्रा लगभग युद्धयात्रा के समान होती है। प्रतिकूलता के साथ संग्राम! भिन्न रूप में कहूँ तो अपनी भाषा-साहित्य, संस्कृति की श्रेष्ठता अन्य भाषाओं की विवेचना के साथ प्रतिपादित कर पाने के लिए मानसिक संघर्ष। घने कोहरे के कारण आकाश आच्छन्न था। समन्दर में तैरते जाने जैसी अनुभूति। चारों ओर घिरा कोहरे का दरिया। अतट-अकूल-सीमाहीन। ड्राइवर हेडलाइट जला कर गाड़ी चलाता जा रहा था। गति धीमी नहीं, तेज थी। उस स्थिति में सर्वशक्तिमान विभुस्मरण के अलावा कोई और चारा भी नहीं था। पद्मा, मेघना का आकर्षण क्या एक कवि के लिए इससे भी भारी आकर्षण है? 'विमान बांग्ला' उस मौसम के कारण हो सकता है कि निरस्त भी हो गया हो। इस तरह के प्रतिकूल मौसम में प्लेन का चलना हो सकता है प्रबन्धकों को समीचीन न लगे। कोहरे के समन्दर में असहाय डोंगी की तरह टैक्सी चलती जा रही थी। एक घण्टे के बाद विमान घाटी पर पहुँचकर मैंने शान्ति से श्वास ली।

प्रो. नवनीता वहाँ मेरी प्रतीक्षा में थी। नोबेल पुरस्कार विजेता अर्थशास्त्री अमर्त्यसेन की पहली पत्नी। उसके घर का नाम है 'भालोवासा'। आदमी बस इस 'भालोवासा' (प्यार) के कारण कभी-कभार किस तरह कंगाल भी हो जाता है। नवनीता की आभिजात्यपूर्ण बातों से मैं मुग्ध, अभिभूत हुई हूँ। कवि समरेन्द्र दास गुप्त वामपन्थी कवि के रूप में बांग्ला कविता के क्षेत्र में प्रख्यात हैं। किसी काम से वे एक दिन रुक गये थे। जिससे वे आज हमारे सहयात्री हैं। ढाका उनकी जन्म भूमि है। उस माटी को देखने की ललक से वे हर साल किसी न किसी बहाने ढाका के लिए कदम बढ़ाए तैयार रहते हैं। अपनी जन्मभूमि के प्रति वह दुर्वार आकर्षण देखते ही बनता है। लगभग दस साल पहले सिक्किम के द्वारा आमन्त्रित होकर हमारी गंगटोक की यात्रा में वे यशस्वी कवि हमारे सहयात्री थे। उनकी संजीदी बातों से ही उनके प्रभावशाली और मिलनसार व्यक्तित्व का अनुमान सहज ही हो जाता है। चर्चा के समय वे अत्यन्त मुक्त और आन्तरिक लगते हैं।

उद्घोषिका बार-बार ऐलान कर रही थी—प्रतिकूल मौसम के कारण प्लेन के छूटने में काफी देर हो सकती है। सुभाष बोस हवाई अड्डे में अनेक देशी-विदेशी विमान अपेक्षारत थे। सारे जहाज दूर से खिलौने-से लग रहे थे। तब सुललित

स्वर में घोषित सूचना मिली—'प्लेन के छूटने में काफी देर होगी। अतः अनुरोध है कि 'बलाका' रेस्टोरेंट में नाश्ता कर लें।' 'विमान बांग्ला' की ओर से हमारे लिए उस सुस्वादु नाश्ते का आमन्त्रण था। कवि समरेन्द्र सेनगुप्त से मजाकिये लहजे में कहा—कोलकाता से ढाका की दूरी अधिक नहीं है। पर, हर बार किसी न किसी बहाने एक दिन तो लग ही जाता है ढाका पहुँचने में। बेहद मेहमाननवाज हैं वे लोग। नाश्ता कराकर ही छोड़ेंगे। रवीन्द्रनाथ के कविता संग्रह 'बलाका' के नामानुसार वह रेस्टोरेंट नामित है। हर जगह उनकी कला कृतियों का भव्य प्रदर्शन है। मेरे पास बांग्लादेशी मुद्रा 'टाका' अधिक नहीं थी। काउण्टर से मैं और नवनीता भारतीय मुद्रा के बदले टाका ले आयीं। तब तक मध्याह्न हो चुका था। फिर भी कोहरा छँटा नहीं था। तब धीर ललित शुद्ध बांग्ला में घोषणा हुई—'ढाका के लिए 'विमान बांग्ला' चार बजे उड़ान भरेगा'।

कवि समरेन्द्र सेनगुप्त मानो अचानक भावुक हो गये और वे जातिप्रेम में उद्‌बुद्ध होकर गाने लगे। 'ओ आमार सोनार बांगला, आमि तोमोक भालोवासि'।

पाकिस्तानी शासन-शोषण से मुक्तिलाभ के लिए धीरे-धीरे बांग्ला जाति इसी मन्त्र से अभिमन्त्रित हो उठी थी। जब वे स्वाधिकार-स्वाधीनता के लिए विप्लव की आग में कूदने लगे तब तत्कालीन पश्चिम पाकिस्तानी सेना ने रात्रि के अन्धकार में निरपराध बंगालियों पर आक्रमण कर दिया। 25 मार्च, 1991 को उस देश की जनता पर रक्ताक्त समर का आतंक छा गया था। 1990 दिसम्बर तक बांग्लादेश की हर जगह अमानुषिक हत्या, घर्षण, लुण्ठन का भयानक ध्वंसयज्ञ शुरू हो गया था। पाकिस्तानी सामरिक शक्ति के शिकंजों से मुक्त होने के लिए वीर बंगालियों ने प्राण न्यौछावर करते हुए हथियार उठाये लाखों की बलि चढ़ गयी। तब उस देश की स्वतन्त्रता संग्राम में सहायक बना भारत की भूमिका अत्यन्त महत्त्वपूर्ण है। अन्त में पश्चिमी पाकिस्तान मुक्त होकर बांग्लादेश बना। उस मुक्तियुद्ध में विजय मुहूर्त्त की स्मृति तथा देशप्रेम की अनुभूति बंगालियों में त्याग तथा प्राण बलिदान के विनिमय में सदा मर्यादित रहेगी।

यह कहते समय वे अत्यन्त भावविह्वल हो उठे थे। अब भी उनमें ढाका उपकण्ठ का सुन्दर शैशव का भावोच्छ्‌वास उन्हें खुशी और गम में भरकर रौंदता रहता है। पाकिस्तान के द्वारा कवलित अनेक सालों की भाषायी पराधीनता की गहन पीड़ा ने शायद जातीयता के आवेग से परिपूर्ण विप्लव की नींव डाली थी। मातृभाषा की सुरक्षा के लिए स्वाभिमानी बंगाली जाति ने उस भाँति मुक्ति संग्राम का आह्वान किया था उसी मुक्ति संग्राम के फलस्वरूप 'बांग्लादेश' बना। बांग्लादेश की राजधानी ढाका एक दिन एक छोटा-सा कस्बा था। ढाकेश्वरी मन्दिर एक

सुप्रसिद्ध देवी मन्दिर के रूप में विख्यात पीठ है। यहाँ हिन्दू, मुसलमान, ईसाई सबकी प्रिय भाषा है बांग्ला। हर जगह सूचना, विज्ञापन में बांग्ला लिपि और भाषा ही नजर आ रही थी। यहाँ तक कि दुकान, बाजार, पेट्रोल पम्प आदि स्थलों के नाम फलक भी बांग्ला में नजर आये, जिससे मैं अति प्रमुदित थी। बांग्लादेश में सम्प्रति सारे राष्ट्रीय कार्यक्रम, कानूनी, अदालती कार्यवाही, प्रयुक्ति विद्या, शोध कार्य आदि की भाषा है बांग्ला, यह जानकर मुझे बेहद खुशी हुई। मातृभाषा के प्रति वह ममत्व यथार्थ में अनुकरणीय व वन्दनीय है। प्रत्येक फरवरी 21 तारीख को वहाँ मातृभाषा दिवस मनाया जाता है। उस अवसर पर विभिन्न प्रान्तों से कवि, लेखक, कलाकार आमंत्रित है।

इस बार कविता उत्सव द्विदिवसीय था। पहले दिन उद्घाटन उत्सव के प्रारम्भ में जातीय शहीद स्मृतिस्तम्भ पर पुष्पमाल्यार्पण हुआ। मैंने अनुभव किया मानो उसमें बांग्लादेश का जातीय स्पन्दन लिपिबद्ध होकर था। ढाका विश्वविद्यालय के मुक्ताकाश मंच में कविता उत्सव का आयोजन हुआ था। उद्घाटनी संगीत था 'ओ आमार बांग्ला, आमि तोमाए भालोवासि', जिसकी भावावेगपूर्ण मूर्च्छना गगन पवन में मुखरित होने लगे। बांग्लादेश के विभिन्न प्रान्तों से काव्यपाठ के लिए कवि आये हुए थे। कवि श्यामसुन्दर रहमान, सुनील गंगोपाध्याय, नवनीता देवसेन तथा समरेन्द्र सेन गुप्त आदि वे अधिवेशन के अवसर पर अपने-अपने विचार व्यक्त किये थे।

अपराह्न अधिवेशन काव्य पाठ के लिए अभिप्रेत था। कविता पढ़ने और सुनने के लिए उस तरह से जनसमावेश मेरे लिए अनोखा था। कवि सुनील गंगोपाध्याय ने अपनी प्रसिद्ध कविता 'हठात् नीरार जन्ये' पढ़ी। श्रोतागण बार-बार और सुनाने की माँग करने लगे। मैंने पहले अपनी मातृभाषा में कविता सुनाने के बाद उसका बांग्ला मर्मानुवाद बांग्लादेशी कवि बेलाल चौधुरी ने सुनाया नवनीता देवसेन प्रोफेसर और कवि हैं। उनकी कविता में बौद्धिकता अधिक होती है। समरेन्द्र सेनगुप्त ने अपने सद्य : प्रकाशित कविता-संग्रह 'कॉफीहाऊसेर सिढी' से कुछ कविताएँ सुनायीं। बीच में चाय के लिए आध घण्टे का विराम था। उसके बाद फिर से काव्यपाठ शुरू हो गया। धीरे-धीरे श्रोताओं की संख्या बढ़ने लगी थी। बैठने की जगह नहीं बची थी। फिर भी मुक्ताकाश मंच को घेरकर श्रोतागण खड़े-खड़े कविता सुन रहे थे। ढाका म्यूजियम के अहाते में रात्रि भोजन की व्यवस्था विश्वविद्यालय के कुलपति ने की थी।

दूसरे दिन कविता को लेकर संगोष्ठी थी। मेरा प्रसंग निबन्ध था 'कवि की प्रतिबद्धता'। सुबह आद्य सत्र में तीन निबन्ध का पाठ हुआ। अपराह्न सत्र में उन

पर चर्चा होगी। श्रोताओं के प्रश्नों के उत्तर देने थे। रात को ढाका विश्वविद्यालय के एक प्रोफेसर हमारे 'होस्ट' थे। पद्मा की इलसी मछली के बारे में एक कवि मित्र ने सुन्दर-सी बात कही।

तसलीमा नसरीन निर्वासन की सजा काट रही हैं। उस पर प्रसंग छिड़ा तो लगा, मानो वे टालते जा रहे हैं। तसलीमा किसी की भी श्रद्धेया नहीं हैं, मुझे यह जानने में देर नहीं लगी। तसलीमा निश्चित रूप से स्पष्ट वादिनी हैं, उनकी निजी जिन्दगी के बारे में चर्चा करने की कोशिश मैंने नहीं की। तसलीमा नसरीन पर बात करने से सभी कतरा रहे रहे थे।

कूचविहार में कवितोत्सव और ब्रजमल्ली की खुशबू

कांनजंघा पर्वत पर आकाश आश्लेष की मुद्रा में झुक आया होगा। ब्रजमल्ली तरु के समान मैं अपने ही अन्तःस्थल से महकती जाती होऊँगी। अकेली ट्रेन के निर्जन प्रकोष्ठ में खुद के साथ बतियाती होऊँगी। पर्वत के भीतर पर्वत, बादल के भीतर बादल एक पर एक लदे हुए-से लगते होंगे। वह दिन हो सकता है चाँद का जन्मदिन हो। टगर तराट फूलों की रजताभा से विच्छुरित ज्योत्स्ना के समान मृदुल धवल लगता होगा। चाय बागान के बाद चाय बागान पीछे छोड़ती हुई रेलगाड़ी तेजी से भागती जाती होगी। ओडिशा—पश्चिमबंग सीमान्त की ओर है मेरी यह यात्रा। कूचविहार में आयोजित है पूर्व भारतीय कवि-सम्मेलन। उस अवसर पर इस बार ओडिआ कवि सम्मानित होंगे। वह गौरव केवल एक कवि का नहीं है, समग्र ओडिआ भाषा साहित्य उससे गौरवान्वित होगा। उसी गौरवमयी भाषा की वाहक कवयित्री के रूप में आमन्त्रित होकर इस बार मैं जा रही थी।

मैं जिस शब्द की प्रतिमा रचने जा रही हूँ, वही प्रतिमा आज सम्मानित होगी। उस जैसी प्रतिमा रचने हेतु सात जन्म-मरण भी पर्याप्त नहीं हैं। उसी से कवि ने निर्वाण तक को तुच्छ माना है। इस धूलिधूसर माटी पर कवि के रूप में बार-बार अवतरित होने की प्रार्थना की है। युगों की तपस्या में कवि प्रतीक्षा करता आया है, एक न एक दिन, कभी तो, किसी भी समय रहस्यमयी शब्द की एक प्रतिमा शब्दहीन शब्दों की तरंगों में से अभिमन्त्रित हो निकल आएगी। तब आकाश मल्ली फूलों से लदकर झुक आया होगा। हर हृदय में प्यार की निर्झरिणी उमड़ती होगी।

सृष्टि के आद्य प्रभात ही से मुग्ध कवि में गम्भीर आवेगमयी प्रतीक्षा है। एक शब्द के लिए परम श्रद्धा से है वह प्रतीक्षा। सीपी के स्वप्न-विभोर होकर शब्द की एक बूँद रसवारि मुक्ता में रूपान्तरित करने की आसक्ति में भाव-कोश उन्मुक्त कर रखा है। समय गर्भित हो गया है, मुक्ता-सा। शब्दप्रतिमा में, उस अमृतलग्न की प्रतीक्षा में, उसी शब्द के मोह से पृथ्वी के सारे आडम्बर से कवि अपने आप को दूर रखता आया है स्वेच्छा से। शब्द की एक अनिन्द्य प्रतिमा ने

कभी कवि उषा की पाटलिमा बनकर, सूर्यास्त की अरुणिमा के रूप में, बादलों के आस्तरण के रूप में, कोहरे के कुनमुनाते स्वप्न बनकर कवि को मुग्ध-विभोर किया है। अनमनेपन में निःशब्द मौन-समाधि में कहीं खो गया है कवि। कविता क्या उस मौनता में मुखरित होती है?

असमिया कवि नीलमणि फुकन, हारेन भट्टाचार्य, शिल्पी प्रकाश कर्मकार, कवि सुनील गंगोपाध्याय और कथाकार-कवि स्वदेश भारती सभी उसी कामरूप एक्सप्रेस में सफर कर रहे थे। मेरे संग थे कवि प्रसन्न पाटशाणी और हर प्रसाद परिछा पट्टनायक। लोकारण्य हावड़ा स्टेशन से हम लोग एक तरह से सब से अलग-थलग से लग रहे थे। मेरे शिल्पी प्रकाश कर्मकार और पूर्णेन्दु पत्री के कन्धे से झूलते शान्तिनिकेतनी झोले के कारण। उस झोले को मैं शान्तिनिकेतन छोड़ आने के बाद भी दूर नहीं कर पायी हूँ। उसमें कई अन्तरंग चीजें आसानी से भरी जा सकती हैं। कविता की डायरी से लेकर वाकमैन तक। ट्रेन यात्रा में सहयात्री होता है वाकमैन। रवीन्द्र संगीत से लेकर अक्षय महान्ति के 'नदीर नाम अलस कन्या' तक, सब उस झोले में स्वप्नाविष्ट स्थिति में थे। ट्रेन की आवाज के साथ वे भी मुखर हो जाते हैं। मैं तल्लीनता में बैठे-बैठे गाड़ी की घरघराती आवाज और संगीत सुनती जा रही थी। सौ-सौ मीलों की रेलयात्रा मुझे बेहद आमोदित करती है। क्योंकि मेरे संग संगीत होता है, कविता होती है, जिससे मुझे किसी और की उपस्थिति या अनुपस्थिति अवान्तर लगती है।

दिसम्बर के महीने में भी कोलकाता में सर्दी नहीं है। जबकि कूचविहार या दार्जिलिंग में मौसम ठंडा है। चहुँओर मानो एक छायाच्छन्न माहौल था। अनेक फूलों की सुगन्ध भरी हुई थी हवा में, जिनके नाम मुझे मालूम नहीं। फूलों से लदे दरख्तों की शोभा अप्रतिम लगी। कहीं-कहीं रेल की पटरी से सटकर ब्रजमल्ली तो कहीं आकाश मल्लिका खिले हैं।

रात भर गाड़ी भागती रही थी। भोर होने लगी थी। आगे है नदिया नवद्वीप स्टेशन। मेरे सामने की सीट पर चिराग एक छोटी-सी सलोनी लड़की माँ की गोद में बैठी छेड़खानी कर रही थी। उनकी बातों से पता चला, उस लड़की का नाम है अन्तरा—नाना के घर पर छुट्टी बिताकर लौट रही थी। वे भी कूचविहार तक साथ-साथ सफर करेंगे। पिछली रात को लड़की ने एक सुन्दर-सा सपना देखा है। वह माँ को बता रही थी। सर पर वाकमैन लगाये वह सो गयी है, उसने स्वप्न में देखा वाकमैन एक सुन्दर-सा झूलना बन गया। उस पर बैठकर वह आसमाँ में झूल रही थी। रवीन्द्र संगीत सुन रही है।

मैं लड़की के सपने के बारे में सुनकर प्रमुदित हो गयी। बेहद आत्मीय अन्तरंग

स्वप्न तो नये ढंग से जीने को प्रेरित करते हैं! सपने न देखो तो, जीवन से प्यार न हो तो जीना दूभर हो जाए! घर पहुँचने पर वह एक वाकमैन ला देने की माँग कर रही है। तब तक कॉफी और गरम कटलेट आ पहुँचा। मेरी बेटी पूनम को कटलेट काफी पसन्द है। लंच के लिए चाहे कितनी भी देर क्यों न हो, रेलयात्रा के वैसे दुर्लभ समय को मैं नकारने की इच्छा कतई नहीं करती हूँ। अपने साथ गपशप के लिए वह एक अंतरंग समय होता है।

पहाड़, जंगल, खेत, हल्दीवन पार करती हुई गाड़ी अपने लक्ष्य की ओर भागती जा रही थी। एक असमिया लड़की भी साथ थी, जो कुछ न बोल कर गुमसुम थी। खिड़की से दूर आसमाँ पर उसकी नजर एकटक टिकी हुई थी। कुछ खाने को या बात करने का मन ही मानो उसमें नहीं था। धरती की सारी सुन्दरता को मानो वह आँखों से पीती जा रही थी। भूख, प्यास मानो उसी से मिटाकर वह सन्तुष्ट होती जा रही थी। उम्र उसकी आठ या नौ साल की होगी। वह सब देख पायी है, सब कुछ जान सकती है मानो।

अचानक गाड़ी रुकी। न्यूजलपाईगुड़ी स्टेशन था। शहर का नाम सिलीगुड़ी। सिलीगुड़ी से गंगटोक, दार्जिलिंग के लिए संयोग है। सिलीगुड़ी में नॉर्थबेंगल विश्वविद्यालय है। स्टेशन से दस किलोमीटर की दूरी पर। कुछ दिन पहले मैं नार्थबेंगल विश्वविद्यालय में एक सेमिनार के सिलसिले में आयी थी। कवि सुभाष मुखोपाध्याय भी आये थे। यूनिवर्सिटी गेस्टहाउस में फिसलकर एक पैर की हड्डी टूट गयी थी। ज्ञानपीठ पुरस्कार विजेता कवि सुभाष मुखोपाध्याय। खूब बलिष्ठ व्यक्तित्व के कवि। उनकी एक प्रसिद्ध कविता की दो पंक्तियाँ मैं अक्सर याद करती हूँ—'उस आदमी को पता ही नहीं चला कि उसकी बायीं जेब सँभालते-सँभालते उसके इहकाल, परकाल बीत गये। पर जेब में अलादीन के चिराग की भाँति जो हृदय नाम की चीज थी, उसे उसकी खबर नहीं थी, ऐसा था उस कविता का मर्मार्थ। सिलीगुड़ी एक सम्भ्रान्त शहर है। जंगल से घिरा चाय बागान। उससे मीलों दिगन्त विस्तारी श्यामल पहाड़। प्रोफेसर अश्रुकुमार सिकदार का मकान वहाँ पास ही है। विश्वदेव मुखोपाध्याय के कविता संग्रह 'हलुद वने कलुद फूल' संकलन की याद हो आयी। हल्दी वन के महोत्सव में, उसी के भीतर है विश्वदेव मुखोपाध्याय का मकान, इसी उत्तर बंग में।

फिर भी ट्रेन रुकी रही थी। स्टेशन पर चाय वालों की काफी भीड़। कई तरह की चाय दार्जिलिंग, सिक्किम आदि नाम वाली हर तरह की चाय बेची जा रही थी। पता चला सामने कहीं एक मालगाड़ी पलट गयी है। कामरूप एक्सप्रेस के पहले आयी कंचनजंघा एक्सप्रेस भी रुक गयी थी । सभी गाड़ियाँ चार बजे

तक ही चल पाएँगी। उसके पहले गाड़ी पहुँच जाएगी या नहीं, क्या पता। अन्तरा की बोली किसी प्रगल्भा नदी की भाँति अनाहत थी। काफी भली लग रही थी उसकी बोली। सुनने में मधुर, माहौल काफी दिलचस्प था। अब तो एक टूक सरल सीधी-सी बात सुनने को मन तरसता रहता है। हमारे चहुँओर कुण्डली मारे कृत्रिमता का सरीसृप मानो सोया पड़ा है। लगता है मानो श्वास रुँधी-सी जा रही है। उसी से कहीं सामान्य सरलता का स्पर्श मिले तो मन कोमल हो जाता है। आसाम की वह लड़की उसी तरह चुपचाप गुमसुम बैठी हुई थी। नजर उसी तरह दूर आसमाँ पर टिकी हुई है। कैसे वह हर तकलीफ बेहिचक झेल जाती है, उसकी माँ बता रही थी। मुँह खोल अपनी सुविधा-असुविधा के बारे में बताती भी नहीं है। वह काफी स्पर्शकातर, कष्टसहिष्णु है। मैंने कहा–''उसी से तो भारत सब से महान कहा जाता है? धरती पर उसका नाम उसी से ऊँचाई पर है।'' लड़की ने माँ से पूछा–''माँ महानन्दा ब्रिज कब आएगा?'' 'महानन्दा तो काफी पीछे रह गयी हैं''–मैं अचानक बोल पड़ी। छोटी-सी वह लड़की महानन्दा देखेगी। ''क्यों मुझे बताया नहीं? देखी होती''–स्वर में गुमान था। सभी नदियों की भाँति वह भी तो नदी है! फिर भी उस उन्मादिनी नदी को देखने की उसमें बेहद इच्छा थी, वह मुझे भली लगी।

मेरे पास बैठी अन्तरा उसकी माँ के सुर से सुर मिलाकर रवीन्द्र संगीत गाती चली जा रही है–'आलो आमार आलो ओगो, आलो भुवन भरा।' ट्रेन के देर तक रुके रहने की ऊब भी मानो उनकी चेतना को स्पर्श तक नहीं कर रही थी। हम लोग छोटी-छोटी बातों के लिए परेशान हो जाते हैं। तिलमिलाने लगते हैं। टेंशन में आ जाते हैं। फिर भी मैं अपने में अस्थिरता महसूस कर रही थी। इतने परिश्रम के बावजूद नाकामी हाथ लगी। प्रकाश कर्मकार सपत्नीक यात्रा कर रहे थे। सुनील गंगोपाध्याय और ये एक ही कूपे में थे। शायद उन्होंने मेरी परेशानी को महसूस किया। थोड़े ही समय में गाड़ी छूटेगी और हम लोग सभा के पहले पहुँच जाएँगे। कोई असुविधा हो तो बताना। प्रवास में यही अपनापन एक-दूसरे में आत्मीयता भर देता है। सचमुच ट्रेन ने सिग्नल दिया। सुनील दा अपनी सीट पर चले गये। ट्रेन तेज रफ्तार से चलने लगी। दिसम्बर की ठंड महसूस हो रही थी। बाहर धूप तेजहीन नजर आ रही थी। दो बजे के पहले गाड़ी कूचविहार स्टेशन पर रुकी। स्टेशन पर स्वागत करने के लिए पूर्वांचल कवि सम्मेलन के कार्यकर्त्ता और 'तमसुक' पत्रिका के सम्पादक समीर चट्टोपाध्याय आये थे। उनके बर्त्ताव में बेहद अपनापन था। ट्रेन के देर से पहुंचने वे दुःखी थे। कवि और शिल्पियों के स्वागत के लिए गुलदस्ते लेकर आये थे। उनके उस सौहार्दपूर्ण अन्दाज के

कारण मैं अभिभूत हो गयी।

कोलकाता से एक हजार किलोमीटर की दूरी पर है कूचविहार। पूर्व बंगीय आचार व्यवहार पश्चिम बंगाल से भिन्न है। यहाँ के लोगों की बातचीत का लहजा भी उनसे भिन्न है। पार्थक्य स्वतः स्पष्ट हो जाता है। आसाम सीमान्त में होने के कारण आसामियों की जीवनशैली, इनके तौर-तरीके मिलते-जुलते-से लगते हैं। कूचविहार सर्किटहाउस में अतिथियों की खातिरदारी सुव्यवस्थित थी। रवीन्द्र भवन में कविता उत्सव का आयोजन हुआ है। उत्सव का उद्घाटन करेंगे विशिष्ट कथा शिल्पी अमियभूषण मजुमदार। उत्सव के प्रारम्भ में कुछेक कवि तथा शिल्पियों को अभिनन्दित करने का कार्यक्रम है। उसके बाद काव्यपाठ का आरम्भ होगा। प्रत्येक कवि के अपनी मातृभाषा में पाठ करने के उपरान्त उसी का अंग्रेजी रूपान्तरण प्रस्तुत किया जाएगा। बाहर शीत सन्ध्या का धूमिल नजारा था। श्रोताओं से रवीन्द्र भवन खचाखच भर चुका था। कविता से प्यार करने वालों की कमी भारत वर्ष में नहीं है। प्रत्येक कवि शिल्पियों का स्वागत पुष्प-चन्दन से किया जाने लगा। भारत में कवि के रूप में जन्म लेना असीम तपस्या का फल है, यह मेरी उपलब्धि है। पता है मुझे—कूचविहार राज परिवार के साथ रवीन्द्रनाथ की प्रगाढ़ मित्रता थी। एकाधिक बार कविगुरु यहाँ अतिथि के रूप में आये हैं। केवल रवीन्द्रनाथ ही नहीं, ठाकुर रामकृष्ण, श्रीचैतन्य, शंकरदेव, कवि नजरुल इस्लाम सब के सब कभी न कभी कूचविहार आये थे। सचमुच मुझे कूचविहार तीर्थ-सा लगा। 'तमसुक' के द्वारा प्रायोजित उस पूर्वांचलीय कवि सम्मेलन में ओडिशा को सम्मानित किया गया था। एक ताम्रफलक पर मेरा नाम और प्रशस्ति पहले से उत्कीर्णित था। टसर अंगवस्त्र और ताम्रफलक एक कवि के लिए कितना अमूल्य होता है, उस अवसर पर उसी का आद्य अनुभव मैंने किया था। ओडिशा में पुरस्कार स्वरूप अतीत में कई बार अर्थ प्राप्ति भी हुई है। किन्तु जिस प्रकार कूचविहार में मेरी कवि सत्ता संवर्द्धित हुई, उसका कोई पटान्तर ही नहीं है। अभिनन्दन पर्व के पश्चात काव्यपाठ आरम्भ हुआ पूर्वांचलीय अनेक कवियों के बीच बिताये समय का प्रमोद परितोष मेरे लिए स्वाभाविक रूप में सुखद था। नेपथ्य से कवि भास्वती रायचौधुरी नाम की घोषणा सुन कर मैं विस्मयाभिभूत हो गयी। लगभग अट्ठाईस साल पूर्व भद्रक महाविद्यालय की अंग्रेजी ऑनर्स की उस बंगाली छात्रा की रूप छवि मेरे सामने उजागर हो उठी। इस बीच तो काफी समय बीत चुका। भास्वती रायचौधुरी मुझसे एक कक्षा पहले की छात्रा थी। सालन्दी तट पर एक सरकारी आवास में अपने अध्यापक पिता के साथ रहकर वह बी.ए. में पढ़ती थी। तब उनके साथ मेरी प्रगाढ़ मित्रता थी।

बी.ए. पास करके मैं शान्तिनिकेतन आ गयी और वह कोलकाता विश्वविद्यालय। तब से आजतक न उनसे भेंट हुई थी न उनके साथ सम्पर्क साधना सम्भव हुआ था। वही भास्वती रायचौधुरी जलपाईगुड़ी सरकारी कॉलेज में अंग्रेजी की अध्यापिका थी। बेहतर जीवन की परिधि में आज हो सकता है मैं भास्वती के मन में न भी होऊँ, फिर भी अचानक क्यों न हो उभर आयी स्मृति अवश्य ही रोमांचक होती है। उन्होंने कविता पढ़ी–'कविर घर अरु ठिकाना'–यथार्थ में एक कवि का घर कहाँ होता है? क्या है भी उसका पता! मैं आनन्द-विह्वल हो उठी। उनके पास जाकर मैंने पूछा–"भास्वती दी, क्या आप मुझे पहचानती हैं?" वे भी मेरा नाम सुनकर मुझसे मिलने आ रही थीं। अचानक उस पल सुदूर कूचविहार के रवीन्द्र भवन में भद्रक की सालन्दी, कॉलेज की अमराई, सब कुछ स्मृति में सजीव हो उठीं सर्जनात्मक मन अपने सपनों को पा ही लेता है। महसूस कर सकता है। भविष्य और अतीत को वर्तमान ही में निरखता है। सर्जनशील चित्त में वह पुलक-रोमांच कतई सामान्य नहीं होता। भास्वती दी और मैं पूर्णतया अतीत में खो गयीं। दूरबीन से मानो मैं देखने लगी उस लड़की को, सीधी-सादी, चलकर कॉलेज आ रही है, कभी साधारण गपशप तो कभी गहरी चर्चा, कई दर्शनों को लेकर विमर्श; वे दिन कैसे अनोखे थे। कई बरसों की दूरी में इन्द्रधनुष की तरह वे दिन! समय सिमटने लगा था। सभा की समाप्ति हुई। हम पुनः सर्किट हाउस आ गये। रात्रि भोजन की व्यवस्था एक और जगह हुई थी। पंक्ति भोजन। उसके दूसरे दिन मुझे लौटना था। कंचनजंघा से मैं लौटूँगी। मेरी गाड़ी पहले आएगी। उसके बाद दूसरों की। विदा देने समीर चट्टोपाध्याय स्टेशन पर एक मीठा पैकेट लिए थे। लड़कियों के विदाई की वेला में माता-पिता बेटी को मीठे की पोटली देकर विदा करते हैं। नहीं तो ससुराल वाले अन्यथा सोचेंगे। यह परम्परा बस ओडिशा की ही नहीं, पश्चिम बंगाल में भी है। ट्रेन के आने के पहले समीर बाबू ने आँसू भरी आँखों से मुझे देखकर कहा–"मनोरमादी, छोटा-सा शहर है यह कूचविहार। उसी में साहित्य को लेकर हम कुछेक हैं। उसी से हमें आप लोगों से मिलने की सहायता मिली है। कोई भूल हुई हो तो आप माफ कर देंगी।" मैं कुछ बोलने जा रही थी गाड़ी के आ जाने पर घरघराहट के नीचे दब गयी। इनसान के साथ इनसान के इसी सम्पर्क हेतु एक सर्जनशील का धरती पर उतर आने का बार-बार मन करता है।

नदी और मेघ के साथ

मैं कुछ दिनों के लिए नदी और मेघ के साथ थी, गंगटोक में! माँ के सब्ज प्यार की तरह सदा गपशप में मेघ मशगूल थे। उस दिन मेघों को अपने सुख-दुःख के बारे में कह देने की तीव्र इच्छा हुई। अपनों की भाँति मेघ झरोखे के आगे मँडराते हुए मानो अन्दर झाँक रहे थे। झरोखा खोलते ही पास चले आते थे। गंगटोक की नदी, मेघ और पहाड़ बेहद सुन्दर हैं। नदी का नाम तिस्ता। अक्षय महान्ति की 'नदीर नाम अलस कन्या' नहीं। 'तिस्ता' प्रगल्भा एक गिरि नदी है। चहुँओर के पहाड़ों के द्वारा आश्लेषिता। उभरता राज्य है सिक्किम। उसकी राजधानी है गंगटोक।

जून 22 और 23, साहित्य अकादेमी और सिक्किम साहित्य परिषद के द्वारा आयोजित द्विदिवसीय पूर्वांचलीय कवि सम्मेलन के लिए मैं आमन्त्रित आयी थी। उसके पहले भी दो बार गंगटोक देख-घूम आयी हूँ। फिर भी, मन में नदी और मेघ के लिए विशेष आकर्षण था। एक सुन्दर-सी नदी दिखने पर तो मैं विह्वल हो जाती हूँ। हमारे घर के पास की नदी है सालन्दी। गाँव के पास की नदी सुवर्णरेखा। वह सुवर्णरेखा हो या तिस्ता—हर नदी है मेरी प्रिय नदी। नदी के साथ, मेघ के पहाड़ों के साथ कुछ दिन काटने का अवसर मिला था मुझे, अतः मना कर देने की कोई वजह नहीं थी। उसके अलावा 'कोमल गांधार' ऑडियो कैसेट कम्पनी, कोलकाता ने भी जून या जुलाई में मेरी द्विभाषी आवृत्ति के कैसेट की रिकार्डिंग करने की सूचना दी थी। अतः एक साथ दो काम हो जाएँगे इससे पहले द्विभाषी कैसेट की रिकार्डिंग ओडिशा में नहीं हुई थी। उसके लिए बांग्ला के ख्यातनाम कवि नीरेन्द्रनाथ चक्रवर्त्ती और सुनील गंगोपाध्याय मेरी सहायता करेंगे। भुवनेश्वर से कोलकाता और उसके बाद बागडोग्रा एयरपोर्ट। मैं फ्लाइट से जाऊँगी पर लौटते समय सिलीगुड़ी से दार्जिलिंग मेल से लौटूँगी, यह तय था। लौटते समय कैसेट की रिकार्डिंग़ होगी जिसके लिए मुझे आधा दिन का वक्त निकालना होगा।

कविता के लिए मैंने भारत भर में अनेक जगहों की बहुत बार यात्रा की है।

कभी ट्रेन से तो कभी हवाई जहाज से। इस बार ओडिशा से कवि दीपक मिश्र और मैं आमन्त्रित हुए हैं। चलने के पहले मैंने दीपक बाबू से कई बार फोन पर बात की है। दीपक मिश्र जी ओडिआ के एक प्रख्यात कवि हैं। गंगटोक कार्यक्रम के कुछ ही दिन पहले दीपक बाबू अचानक अस्वस्थ हो गये। अब मैं अकेली ओडिआ भाषा की ओर से थी। अन्य भाषाओं के अनेक प्रतिनिधि कवि सम्मिलित हुए थे। नेपाली से लेकर मैथिली तक। बांग्ला के ख्यातनामा कथाकार देवेश राय और उनकी पत्नी बान्धवी राय मेरे सहयात्री थे। उनके साथ कवि पवित्र मुखोपाध्याय भी थे। देवेश राय की 'तिस्ता पारेर वृत्तान्त' पढ़कर मैं सम्मोहित हो गयी थी। रचना वह है। मन्युमेण्टल वर्क अपनी रचना की भाँति वे भी गम्भीर। अभिजात व्यक्तित्व के अधिकारी पुरुष। अति सम्भ्रमता से मैं उनसे बात कर रही थी। कवि पवित्र बाबू काफी सीधे-सादे इनसान हैं। उनकी बातों में अपनापन था। काकली राय रवीन्द्र संगीत की उपासिका हैं। कभी वे विश्वभारती संगीत भवन की छात्रा थीं। परिचय के बाद 'आमादेर शान्तिनिकेतन'—वह जो 'सब हते आपन' यह बात स्पष्ट हो गयी। संगीत और साहित्य में अपूर्व समन्वय होता है। मैं शान्तिनिकेतन की प्राक्तन छात्रा हूँ जानकर सम्बन्ध और भी गहरा हो गया।

गंगटोक के 'लेजिस्लेटिव गेस्ट हाउस' में हमारे रूकने की व्यवस्था हुई थी। हमारे पहुँचने के पहले और लेखकगण पधार चुके थे। पर्वतीय राज्य सिक्किम में अनेक राज्यों के कवियों का अपूर्व समावेश था। सबके वेश-भूषा अलग-अलग। सिक्किम साहित्य परिषद के कार्यकर्त्तागण कवियों की आवभगत के लिए तत्पर थे। गंगटोक पहुँचते समय आसमान में बादल छाये हुए थे। जून के महीने में भी काफी ठंडक थी। सूरज नदारद था। चीनी और तिब्बतियों का प्रभाव काफी था। शाम को उस पहाड़ी शहर में घूम आने की बड़ी इच्छा हुई। परिवेश गहन कोहरे से ढका था। सबके सब सुन्दर शीतवस्त्र पहने हुए थे। सिक्किम के अधिवासी स्वतंत्र गोरखालैण्ड के आग्रही हैं। उसी माँग को लेकर 26 जून को हड़ताल है, गाड़ी मोटर तक बन्द! कवि सम्मेलन के बाद हम कोलकाता चले आएँगे। चीन, नेपाल और भूटान के बीचों-बीच है सिकित राज्य! तिस्ता और रंगीत वहाँ की दो प्रमुख नदियाँ है। 1991 की जन गणना के अनुसार सिक्किम की जनसंख्या है 403 लाख। हिन्दू और बौद्ध धर्म राज्य के प्रधान धर्म हैं। वहाँ की जनता 40 प्रतिशत खेतिहर है। शैल्पिक विकास में यह राज्य काफी पिछड़ा हुआ है। इस राज्य की प्रमुख फसल है मकई, अदरक और वार्लि! टैक्सी चलाना भी सिंहभाग लोगों का धन्धा है। टेमी चाय सिक्किम में एक लाभप्रद व्यापार है।

सिक्किम में अधिकांश लकड़ी के मकान हैं। पर्वत शिखर पर पक्का मकान

बनवाने में काफी दिक्कत और परेशानी होती है। व्यापार में सिक्किम समृद्ध न होने के बावजूद प्राकृतिक सम्पदा के लिए अग्रगण्य राज्य है सिक्किम।

सिक्किम के मानास्ट्री आकर्षक होते हैं। उनकी बनावट अत्यन्त आकर्षक होती है। शाम धीरे-धीरे गहराती जा रही थी। नया परिवेश, सर्दी के प्रकोप के कारण हम गेस्ट हाउस को लौट आये। गंगटोक में नावार्ड बैंक अधिकारी तथा मेरे छोटे भाई का मित्र 'सरल' कब से आकर मेरा इन्तजार कर रहा था। सरल यद्यपि पेशे से बैंक अधिकारी है, सारस्वत साधना उसकी प्रवृत्ति है। गंगटोक में कवि सम्मेलन की खबर उसके लिए स्वाभाविक है। काफी बातचीत के उपरान्त चलते समय उसने मुझे सतर्क करते हुए कहा–दीदी, गंगटोक में जांडिस का प्रकोप है। आप उबले पानी के अलावा कुछ और न पीएँ। लिली दीदी का छोटा भाई। प्रवास में उसकी अभिभावक जैसी हिदायत देना मुझे अच्छा लगा।

दूसरे दिन सुबह दस बजे उत्सव का उद्घाटन होगा। नागालैण्ड की लड़की है गायत्री, अपने कवि पिता के सहारे की लाठी बनकर आयी है। मेरे ही कमरे में वह टिकी थी। उसके बात करने के ढंग और सम्भ्रान्त बर्त्ताव की मुझे अब भी याद हो आती है। गेस्ट हाउस झरोखे से गंगटोक के रात्रिकालीन नजारे काफी मोहक लगे।

पहले दिन उद्घाटन के तुरन्त बाद काव्य पाठ और उसके उपरान्त सेमिनार। प्रसंग था–My Poetry, My time and My Society वर्णाढ्य परिवेश में उद्घाटन समारोह सम्पन्न हुआ। गंगटोक के सिविक सेण्टर में सभा आयोजित थी।

गायत्री के बड़े भाई गंगटोक में चीफ इंजीनियर हैं–किन्तु, उसके साथ रहने को कवि ने इच्छा नहीं की। गायत्री से उन्होंने कहा–और कब तक जीना है! विभिन्न राज्यों के कवियों को देखने सुनने का सौभाग्य अब आ मिला है, मैं उन्हीं के साथ रहना चाहता हूँ। मैंने उन्हें अपने एक असमिया कविता-संग्रह उपहारस्वरूप देना चाहा। उस पल को अविस्मरणीय कर देने के लिए उन्होंने गायत्री से हमारी एक तस्वीर लेने को कहा। बाद में उस तस्वीर की एक प्रतिलिपि मेरे लिए गायत्री ने भिजवायी थी। लेजिस्लेटिव गेस्ट हाउस में रूकने के दौरान के दो दिन मैं गायत्री के साथ प्रातः सिक्किम भ्रमण के लिए निकलती थी। सिक्किम की नारियाँ बेहद मेहनतकश होती हैं। प्रातःकाल ही वे काम में जुट जाती हैं। अधिकांश महिलाएँ दुकान चलाती हैं। उस दिन प्रातः भ्रमण से लौटते समय हम लोग एक टीस्टाल पर रुक गये। छोटी-सी एक चाय की दुकान। सिक्किम चाय की खुशबू आ रही थी। एक कम उम्र की हँसमुख लड़की दुकान पर थी। चाय

मिलेगी क्या पूछते ही उसने मुसकुराकर अपनी माँ को आगाह कर दिया तो वह दो गिलासों में चाय लेकर बाहर आयी। पर्वत पर लकड़ी का छोटा-सा मकान। पर्वतीय लोगों की जीवनयात्रा उसी तरह पत्थर जैसी कठिन है। मैं और गायत्री अभिभूत हो गयीं। इतने सस्ते में दो गिलास चाय, बिल्कुल नामुमकिन-सा लगा। पता नहीं मैं ओड़िआ कवयित्री फिर एक बार सिक्किम आ पाऊँ या नहीं। उनका व्यक्तिगत जीवन, कोमल मधुर व्यवहार, सदा के लिए मेरी स्मृति में मुक्ता की तरह सुरक्षित बनी रहेगी।

चहुँओर मेघ, पहाड़ और नदी से घिरा परिवेश, उसमें कविता की वर्णच्छटा। जून में भी मौसम ठंडा था। सभी तरह-तरह के स्वेटर, कोट, टोपी पहने हुए आये थे। आसमाँ पर सूर्य-दर्शन हो ही रहा था। एक कवि मित्र को कहते हुए सुना लन्दन में कविता उत्सव-सा लगता है। दिन भर कविता, बीच में एक घण्टे का लंच ब्रेक। दूसरे दिन कविता पर संगोष्ठी थी। अपने सर्जनशील अनुभवों के बारे में सुनना अच्छा लगता था। असमिया कवि अनुभव तुलसी ने कवितोत्सव के बाद घर पहुँचकर पत्र में लिखा था—Your poems are not simple, but they are flowers with which you try to weave your dreams in them in form of a consistant and tireless writing of a poetic soul that pursue nothing and satisfies with nothing except the truth, the beautiful."

ये असमिया कवि अनुभव तुलसी मुझसे उम्र में काफी छोटे हैं। फिर भी उनमें कविता के अवबोध, जीवन जिज्ञासा और जो उपलब्धि है उनसे आत्मीय मेल न हो तो ज्ञात हो पाना कठिन है।

गंगटोक में दो दिन रह कर तीसरे दिन हमें लौटना था। पहले से दार्जिलिंग मेल में आरक्षण हो चुका था। बांग्ला के ख्यातनामा कवि पवित्र मुखोपाध्याय, उपन्यासकार देवेश राय और उनकी पत्नी काकली राय, हम एक साथ मारुति कार में सिलीगुड़ी तक आये।

देवेश राय का घर है जलपाईगुड़ी। वे दो दिन वहीं रुककर कोलकाता आएँगे। उत्तर बंग और पश्चिम बंग की भाषा में काफी अन्तर है। लेखक देवेश राय की रचना 'तिस्ता पारेर वृत्तान्त' काफी पहले पढ़ चुकी थी। उसकी भाषा सही समझ पाना कठिन है। पवित्र बाबू और देवेश दोनों अकादेमी पुरस्कार प्राप्त लेखक हैं। दोनों मेरे हमउम्र हैं। देवेश राय खूब गम्भीर मिजाज के पर काकली राय उनके विपरीत। वे रवीन्द्र संगीत की शिल्पी हैं। कभी वे शान्तिनिकेतन संगीत भवन की छात्रा थीं। गिरि नदी की तरह चंचल उनका व्यक्तित्व अद्‌भुत है।

गंगटोंक से सिलीगुड़ी के रास्ते 'सेवक ब्रिज' पड़ता है। वह एक दर्शनीय

स्थल है। चारों ओर हैं ऊँची-ऊँची पर्वत मालिका। बीचोबीच तिस्ता की उद्दाम गति। बन्दरों का आधिपत्य वहाँ कुछ अधिक ही है। कतार बाँधे सड़कों के किनारे हजारों बन्दर देखे जा सकते हैं।

बन्दरों को देखकर मुझे पुरी मन्दिर की याद आने लगी। पुरी में भी उसी तरह झुण्डों में बन्दर एक केले के लिए या खाजा के लिए झगड़ते रहते हैं आपस में। कभी-कभार अन्यमनस्क तीर्थयात्रियों के हाथों से भी भोग छीनकर फरार हो जाते हैं। गाड़ी रोकने को काकली राय ने ड्राइवर से कहा। क्योंकि वहाँ के प्राकृतिक दृश्य ऐसे लोभनीय हैं कि तस्वीर लिए बिना मन ही नहीं मानता। केवल ड्राइवर को छोड़कर बाकी हम सब तस्वीर लेने के लिए गाड़ी से उतर कर ब्रिज के पास आ गये। गाड़ी के पास लौटकर मैंने देखा, दो बन्दर मेरे बैग से सिक्किम बिस्कुट निकाल कर मौज से खाए जा रहे हैं। अन्य दो भी उनसे छीनने की कोशिश कर रहे हैं। मैं अपना पर्स भी गाड़ी में छोड़ आयी थी। सौभाग्य कि उन्होंने उसे उठाया नहीं। बन्दरों के इस जुलुम के कारण देवेश राय का बिगड़ना स्वाभाविक था। गाड़ी छोड़कर सब निकल जाएँ, वह ठीक नहीं था। उसके बाद हम आधे घंटे में सिलीगुड़ी पहुँचे। देवेश राय और काकली ने वहाँ उतरकर मुझे सतर्क करते हुए कहा—देखें रास्ते में कुछ खरीदेंगे नहीं। असुविधा भी हो सकती है। पवित्र मुखोपाध्याय ने अध्यापकीय ढंग से कहा—आप निश्चिन्त रहें, कोई असुविधा नहीं होगी। जलपाईगुड़ी स्टेशन पर चाय समाप्त करते-करते गाड़ी आ पहुँची। पहले से ए.सी. कम्पार्टमेण्ट में सीट आरक्षित था। पर, पवित्र बाबू एक और कम्पार्टमेण्ट को आ गये। विभिन्न रीति से हिदायत देकर वे अपने कोच की ओर बढ़ गये थे।

पास के कम्पार्टमेण्ट में कोई अपना हो तो अपने आप साहस जुट जाता है, राहत मिलती है। उसके दूसरे दिन सुबह गाड़ी सियालदह पहुँची। स्टेशन पर दो कविमित्र और मेरे प्रकाशक देवकुमार बाबू अगवानी के लिए आये थे। वहाँ से सीधे उत्कल भवन। उत्कल भवन में कोमल गान्धार के निर्देशक विजेत साहा मेरा इन्तजार कर रहे थे। कुछ जरूरी विचार-विमर्श के बाद मुझे फिर उत्कल भवन की कार से हावड़ा आना पड़ा। मुझे करमण्डल से ओडिशा लौटना था। बालेश्वर स्टेशन पर बेटा प्रीतम इन्तजार कर रहा था। करमण्डल सदा समय पर पहुँचती और छोड़ती है। किसी की प्रतीक्षा में रुकती नहीं है। जीवन के ये सारे अविस्मरणीय दिन सदा याद रहेंगे। क्या भी जीवन इस तरह रेलयात्रा की तरह गतिवान है?

तिस्ता नदी में वन्य फूलों की खुशबू

गंगटोक के पाद देश को तिस्ता झाँझर की भाँति घेरे हुए है। एक छोटी-सी नदी है तिस्ता। पथरीली भूमि पर नाचती फुदकती गीत गाये बहती जा रही है। तिस्ता के बारे में कई बातें मैंने सुनी थीं। फिर भी, उसे देखते ही मैं मन्त्रमुग्ध-सी हो गयी। सालन्दी की तरह यह एक छोटी-सी नदी है, पर है चिरस्रोता। कभी भी सूखती नहीं। स्वप्न की भाँति एक सुन्दर-सी नदी। वही तिस्ता रंगारंग वन्य फूलों की साड़ी पहने सुन्दर-सी लग रही है। प्रगल्भा किशोरी की तरह वह तेज छन्दमयी गति से भागती जा रही है। सिक्किम की घाटी पर पैर धरते ही तिस्ता ने हमारी अगवानी की थी। नेपाली कवि भानुभक्त की जयन्ती के अवसर पर सिक्किम संस्कृति विभाग की ओर से मुझे आमन्त्रण मिला था। प्रत्येक भाषा के एक-एक कवि सम्मेलन के लिए आमन्त्रित होकर आये थे।

दस हजार फीट पर्वत-शिखर पर है गंगटोक शहर। असंख्य झरने और जलप्रापातों से मुखरित हैं उसके रास्ते। चारों ओर घेर कर है पहाड़ पर्वतों का नीला आस्तरण। दूर है कंचनजंघा शृंग। मानो मेघ खंड पर्वतों पर घर बसाए हुए हैं। कभी-कभार होटल-झरोखे से अन्दर दाखिल भी हो जाते हैं। होटल तिब्बत गंगटोक का एक पाँचसितारा अभिजात होटल है। वह होटल मानाष्ट्री की कारुकार्यपूर्ण शैली में बना है। सभी आमन्त्रित कवि उसी होटल में ठहराये गये थे। झरोखा खोलते ही नजर आये सुन्दर छवियों की भाँति अनगिनत मकान। पहाड़ी की तलहटी से लेकर शीर्ष तक अनेक मकानों की लम्बी कतार थी। छोटी-छोटी मारुति कार और वैन अति सर्पिल गति से ऊपर चढ़कर फिर उतरती आ रही थीं। उस दृश्य को घंटों निहारते रहने पर भी मन नहीं भरता।

गंगटोक के चारों ओर वन्य फूलों की मोहक वर्णविभा नजर आती है। इलायची और दालचीनी वहाँ काफी मात्रा में मिलती है। सिक्किम की नारियों का पीठ पर मकई की बड़ी-बड़ी टोकरी के बोझ ढोये चलने का दृश्य काफी लुभाता है।

जुलाई का बादलों से घिरा आसमाँ। बीच-बीच में ठंडी हवा का झोंका तन कँपाये जाता था। शीत वस्त्रों से सर्वांग आवृत कर रखने के बावजूद रात को

रजाई या कम्बल की जरूरत होती थी। होटल के सभी कक्षों में सुन्दर-सुन्दर कारपेट बिछाये गये थे। कश्मीरी गलीचों से वे कारपेट अधिक आकर्षक लगते थे। कारपेट शिल्प के लिए सिक्किम प्रख्यात है। ये कारपेट विदेशी बाजारों के लिए भी भिजवाये जाते हैं। कवियों को किसी भी प्रकार की असुविधा न हो, उसके लिए सिक्किम संस्कृति विभाग दिलोजान से तत्पर था। क्योंकि कार्यकर्त्ता हमसे फोन पर बार-बार पूछ लिया करते थे। अपराह्न में मुझे मालूम हुआ कि मेरे पास के कमरे में पश्चिम बंगाल की कवयित्री श्रीमती विजया मुखोपाध्याय हैं। उनसे सूचना मिली कि नागालैंड, आसाम, मणिपुर, बिहार के कविगण अपराह्न की फ्लाइट से पहुँच चुके हैं। विजया झरोखे से कंचनजंघा पर्वत के दृश्य एकटक निरखती जा रही थीं। अस्थिर मेघमाला पर्वतों पर मँडरा रही थी। शाम के ढल आने के साथ-साथ पर्वतों पर के मकान रोशन हो उठते थे। अपूर्व था वह दृश्य। भावना के वलय में यदि सारी सुन्दरता को समेटा जा सकता तो भी लगता मानो भावना की सीमा भी उसके लिए पर्याप्त नहीं है। कभी-कभार तो शब्द भी हार मान लेते हैं सौन्दर्य के आगे। कोरापुट की पर्वतमालाओं को मैंने देखा है। पर, दस हजार फीट पर उस दृश्य की तुलना हो ही नहीं सकती। वहाँ के लोग काफी सरल और सीधे-सादे हैं। उनकी नजरों में सरलता है। चेहरे पर उभरता स्नेह व करुणा का अभिलेख। इनके लोकगीत व संस्कृति अति समृद्ध है। मानो सब के सब माटी के कवि हैं। जहाँ हवा पानी में कविता की खुशबू है, वहाँ के सभी कवि होंगे। गंगटोक शहर प्राचीन मोनाष्ट्री, धर्म-संस्कृति से परिपूर्ण है। अपनी सुन्दरता और मोनाष्ट्रियों के लिए यह टूरिस्टों का प्रिय शहर कहलाता है।

जुलाई की दस तारीख नेपाली कवि भानुभक्त की जयन्ती तिथि है, जिस दिन सरकारी छुट्टी की घोषणा होती है। कवि का जन्म दिन मनाने को प्रदेश भर में अवकाश की सरकारी घोषणा कोई सामान्य बात नहीं है। उसी उपलक्ष्य में सिक्किम के संस्कृति विभाग की ओर से सर्वभाषा कवि सम्मेलन का आयोजन हुआ था। संगीत नाटक अकादेमी हॉल जो कम्युनिटी हॉल के रूप में परिचित है, वहाँ कवितोत्सव का उद्घाटन होगा। चारों ओर पर्वतों से आवेष्ठित वह हॉल। फूल, चन्दन, सिन्दूर मिश्रित अरवा अक्षत लिए किशोरियाँ कवियों का स्वागत अभिनन्दन कर रही थीं। पथ के दोनों ओर बैण्ड पार्टी से सुसज्जित कलाकार संस्कृति विभाग की ओर से स्वागत के लिए विद्यमान थे।

उन्हीं के साथ स्कूली विद्यार्थी भी यूनीफॉर्म में स्वागत करने के लिए कतार बद्ध थे। सभी शिक्षा संस्थानों की छुट्टी थी उस दिन। भारत भर के अधिकांश राज्यों से कविगण उत्सव में सम्मिलित होने आये थे। तिस्ता के तट पर आयोजित

था वह कवि समावेश। तिस्ता का जल स्फटिक के समान स्वच्छ था। उस पर प्रतिफलित होकर थी आसमाँ की छवि। बच्चों की आँखों में कौतूहल, आनन्द और विस्मय का सम्मिलित भाव स्पष्ट था। परिवेश था गुरु गम्भीर। श्रोताओं की संख्या धीरे-धीरे बढ़ रही थी। लोगों में कविता सुनने, कवियों को देखने की उत्सुकता से मैं विभोर थी। सुबह से शाम तक कविता असर जारी रहा। बीच में मध्याह्न भोजन के लिए दो घंटों का विराम। मध्याह्न भोजन के लिए सभी एक अभिजात होटल को आये। सभी होटल पर्वत शृंखलाओं पर हैं। गाड़ियों के ऊपर चढ़ने-उतरने के दृश्य बेहद लुभावने थे।

सिक्किम के संस्कृति मन्त्री हमारे अतिथि थे। मध्याह्न भोजन के बाद तीसरा सत्र शुरू हो गया। सिक्किम के मुख्यमन्त्री श्री भण्डारी भी एक कवि हैं। अच्छी कविता करते हैं। जीवन कविता से किसी ऊँचाई पर है। राजनीति के घेरे में भी कविता स्फुरित होती है। ओडिशा में भी राजनीति के अनेक लोग कविता करते हैं। कविता में अवगाहित होते हैं। सुबह से शाम तक कविता का असर जारी रहा। मैंने गौर किया श्रीयुत भण्डारी मन्त्रमुग्ध बैठे हुए थे। थोड़ी दूर पर ही तिस्ता की तरंग माला मानो कविता सुनने को उन्मुख थी, शिला बन्धुर शय्या अतिक्रम करते हुए। पूर्णांचल कवि सम्मेलन, अनेक भाषा, संस्कृतियों का समाहार। बोली में, चाल चलन में, जीवन शैली में सब कुछ का अपूर्व समन्वयन एक अनुभव कर सकता है। नेपाली कवि अधिक थे। मातृभाषा में कविता पाठ के साथ-साथ अंग्रेजी अनुवाद भी प्रस्तुत किया जाता था। नेपथ्य से कवि परिचय सहित कविता के मर्मार्थ की व्याख्या भी घोषित हो जाती थी। चहुँओर एक काव्यिक सुन्दर परिवेश था। चहुँओर से घिरी सुउच्च श्याम स्निग्ध पर्वत श्रेणी, पर्वतों पर भासमान शारदी मेघमाला, बीचोंबीच था गंगटोक सिविक सेण्टर। उसी में थी काव्य पाठ की मनोज्ञ सन्ध्या। सब कुछ स्वप्नमय लगता था। भुवनेश्वर से लेकर राउरकेला तक कविता-सन्ध्या का वर्णाढ्य उत्स बरबस स्मरण हो आता था। सबसे अधिक याद आ रही थी शान्तिनिकेतन की साहित्य सन्ध्या। शान्तिनिकेतन में तो कविता और प्रकृति एक हो जाती है। चाँदनी में काव्य पाठ, आम्रकुंज की छाया तले कविता की महफिल या सप्तपर्णी फूलों की सुगन्ध में कविता में खो जाना, सब कुछ सम्भव था उस समय। शान्तिनिकेतन से सिक्किम में दीर्घ पच्चीस सालों का अन्तराल था। पच्चीस सालों की अन्तर्यात्रा। इस अन्तर्यात्रा के दौरान पता नहीं कितनी नदियों से साक्षात्कार हुआ है, उसकी कल्पना भी नहीं कर सकती। वही एक नदी, मानो नाम हैं अलग-अलग। कभी वही सुवर्ण रेखा तो कभी सालन्दी। फिर कभी महानदी तो कभी तिस्ता। वह एक नाम, एक नदी जिसने मेरी समग्र

सत्ता को आच्छन्न करके रखा है।

कई जन्मों की सुकृत तपस्या का फल है कवि के रूप में जन्म लेना, उस पर ओड़िशा में। शब्द की एक प्रतिमा रचते रचते कब वह क्या रूप ले-ले कवि समझ नहीं पाता। उसी सुन्दर-सी प्रतिमा को लेकर कवि मान्यता प्राप्त होता है, अपने राज्य में, दूसरे राज्यों में। सुन्दर गंगटोक में आज ओडिशा अभिनन्दित हुआ है। मैं तो सामान्य-सी हूँ। कविता आवृत्ति के समाप्त होने के पश्चात विभिन्न राज्यों से आयी लोकनृत्य मण्डली के द्वारा सांस्कृतिक कार्यक्रम का प्रारम्भ हुआ। वर्षा की सन्ध्या धीरे-धीरे घनीभूत होती जा रही थी। वहाँ के लोगों के सरल बर्ताव, कविता सुनने का आग्रह, अतिथिवत्सलता सब के कारण मैं विमोहित अभिभूत थी।

होटल तिब्बत से आने तक रात्रि भोजन सुव्यवस्थित था। कवियों की खातिरदारी के लिए सिक्किम संस्कृति विभाग की लगन देखने लायक थी। उन्हीं में थी संगीत महाविद्यालय की एक लड़की 'पेमा भुतिआ'। बेहद नम्र और सुश्री। आपादमस्तक आलखाला परिधान। हर वक्त हमारे पास आकर सब कुछ की निगरानी करती जा रही थी। वही दो दिनों का परिचय था उसके साथ। सिक्किम की एक नेपाली लड़की जो मेरी बेटी से थोड़ी बड़ी होगी उम्र में। उसका कोमल मधुर व्यवहार सदा स्मरण करती रहूँगी। अब भी कई बार वह याद हो आती है। आते समय विशेष आग्रह के साथ सिक्किम चाय की एक पोटली थमायी थी उसने। मैं उसे पत्र तक नहीं लिख पायी हूँ। क्या एक छोटी-सी चिट्ठी मन के सारे सुकुमार अनुभव को अपने में समाये रख पाती है?

गंगटोक की जीवन शैली काफी कष्टकर है। हर समय पहाड़ों पर चढ़ाई का दृश्य मुझे खौफनाक लगता था। विदाई की वेला आयी। गंगटोक से सिलीगुड़ी आकर कंचनजंघा एक्सप्रेस पकड़नी होगी। संस्कृति विभाग की गाड़ी सभी कवियों को स्टेशन पहुँचाएगी तथा कुछेक को एरोड्रम पर। गंगटोक से सिलीगुड़ी तक लगभग साढ़े चार घंटों का सफर करना है। पहाड़ी रास्ता। असंख्य झरनों को, तिस्ता को पीछे छोड़ कर जलपाईगुड़ी के रिजर्व फारेस्ट में से गुजर कर हमारी गाड़ी आ पहुँची। उसके बाद सपाट समतल सड़क। ठंड का भारीपन धीरे-धीरे हलका-सा लगने लगा था। दोनों ओर पाइन और झाऊ का घना जंगल था। नेपाली ड्राइवर हमें आसानी से निउजलपाईगुड़ी स्टेशन तक ले आया। स्टेशन पर चाय और अनानास काफी मात्रा में दिखाई दिया। एक साथ काफी मात्रा में ढेर सारा अनानास वर्षों के बाद देखा। हमारे गाँव में काफी अनानास फलते हैं। रज संक्रान्ति के समय अनानास की सुगन्ध हर ओर महक जाती है, तब

बहुत ही भला लगता है। वहाँ के अनानास का रंग स्वर्णाभ नहीं श्यामल और वह सुगन्धरहित था।

गाड़ी आ चुकी थी। छोटा भाई सिद्धार्थ मेरे साथ गंगटोक आया था। बात-बात में रोकना-टोकना मानो मैं उससे बीस-पच्चीस साल छोटी हूँ। भारत में लड़कियों का एक तरह से सम्मान ही अलग होता है। वे धरती की तरह सहनशीला होती हैं, माँ की भाँति प्रेमशीला। यही स्नेह, प्यार ही तो भारतीय परम्परा की विशेषता है? 'कामरूप एक्सप्रेस' पहुँच चुकी थी। बूँदाबाँदी भी होने लगी। पीछे रह गया है स्मृतिमय गंगटोक! पहाड़ी फूलों से परिपूर्ण ऋतुपर्णा तिस्ता की सर्पिल जलधारा। छोटे-बड़े असंख्य जल प्रपात। कंचनजंघा का स्निग्ध आस्तरण और उस नेपाली लड़की पेमा भुतिआ का नम्र सरल व्यवहार!

लोक साहित्यकार का तीर्थ दर्शन

गुरुनानक देव यूनिवर्सिटी से आमन्त्रण मिला लोक साहित्य सेमिनार (Indian folklore Congress) में सम्मिलित होने के लिए। वह संगोष्ठी तीन दिनों की थी– मार्च 24, 25 और 26। आतिथ्य होगा School of Punjabi Studies की ओर से। गुरुनानक देव यूनिवर्सिटी के प्रोफेसर डॉ. आर. एस. बाजवा और दाण्टू मैशूर विद्यालय के प्रोफेसर का अनुरोध व निर्देश बार-बार इण्टरनेट द्वारा पहुँच रहा था। पहले की तरह किसी सेमिनार में भाग लेने के पहले मासाधिक समय मैं उसी में व्यस्त रह जाती थी, पर लाइब्रेरी में बैठकर घण्टों ग्रन्थों के पन्ने पलटना, सेमिनार के लिए प्रस्तुत होना, अपने लेख को बार-बार सुधारना सहेजना मेरी पुरानी आदत है। इस बार सहयात्री के रूप में मैंने पतिदेव श्रीयुत वासव महापात्र जी से अनुरोध किया। हमने यूनिवर्सिटी गेस्टहाउस में न रुककर अमृतसर में एक होटल में रहना पसन्द किया। सेमिनार खत्म होते ही एक दिन वाघा बॉर्डर और जलियाँवाला बाग तथा दूसरे दर्शनीय स्थलों को देखने की योजना बनायी। उस सेमिनार के साथ-साथ तीर्थयात्रा की इच्छा भी मन में जागी। तीर्थ दर्शन के लिए एक मानसिक स्थिति होती है। पुण्य कमाने के लिए तीर्थ दर्शन जीवन में कभी-कभी जरूरी हो जाता है। वानप्रस्थ में पहुँचने के लिए तो अभी देर है। लोक साहित्यकार का तीर्थदर्शन-प्रसंग आमोदप्रद लगा था।

भुवनेश्वर से दिल्ली तक की यात्रा हुई राजधानी एक्सप्रेस में। एक दिन के लिए ट्रेन की बोगी घर के समान हो जाती है। खाना, किताब पलटना, गपशप करना, सोये-सोये सपने देखने के अलावा एक चमत्कारिक काम भी किया जा सकता है। अपने आप से मन भर बतियाने के लिए उससे अधिक उम्दा वक्त जिन्दगी में कभी आता ही नहीं है। पासवाली सीट पर तास का खेल जम चुका था। उसी के पास एक गुजराती परिवार स्वच्छन्द होकर आपसी बातचीत में मशगूल थे। छोटे-छोटे तीन बच्चों ने ट्रेन कम्पार्टमेण्ट को खेल के मैदान में बदल डाला था और वे ऊपरी बर्थ में इधर-उधर लपकते हुए खेल रहे थे। तीनों बच्चे आनन्द विभोर थे। हँस-हँसकर कभी लोटपोट हो जाते तो कभी बन्दरों की भाँति रेलिंग

पकड़कर झूल जाते थे। मैं चुपचाप उनका हुड़दंग देखती जा रही थी। तीर्थदर्शन के लिए हम पति-पत्नी सहयात्री बन कर सहधर्मिता निभा रहे थे। दिल्ली में बेटी के घर पर एक दिन रुक कर तीर्थाटन के कार्यक्रम की योजना बनेगी। गाड़ी की गति काफी तेज थी। आगे आयेगी रूपनारायण नदी। यह नदी पश्चिम बंगाल की है। विराट पुल पर सशब्द गाड़ी भागती जा रही थी। तीनों बच्चे पहले से भी चंचल-से लग रहे थे। बचपन के अल्हड़पन की कोई सीमा ही नहीं होती, न कोई समझ ही होती है। वे मुक्त हैं। उसी शैशवकाल को लौट चलने की इच्छा होता है कभी-कभार। कितने अच्छे दिन थे बचपन के। मामा, चाचा, काकी, मामी, दादा, दादी आदि के साथ रौब जमाते गुजारे दिन।

खड़गपुर से राजधानी एक्सप्रेस कानपुर-इलाहाबाद की ओर मुड़ गयी। धीरे-धीरे रात गहराती जा रही थी। आगे है स्टेशन धनबाद। रात आठ बजे सूप दे जाते हैं उसके पन्द्रह मिनट के बाद डिनर। राजधानी एक्सप्रेस में खाने, मैगजीन या किताब के पन्ने पलटने, अपने आप से बतियाने के सिवा और कोई काम नहीं होता। रात भर गाड़ी भागती चली जाएगी। काफी कम स्टेशनों में यह गाड़ी रुकती है। काफी कोशिश करो तो भी नींद आती नहीं है। तीनों बच्चे थककर सो गये थे। अमृतसर मैंने इसके पहले कभी नहीं देखा था। जलियाँवाला बाग पर अवश्य कविता लिखी है। वीर प्रसविनी है पंजाब। झेलम चेनाव नदियों का देश! मातृभूमि के लिए प्राणबलि चढ़ाने वाले पंजाबी वीरों की तुलना किसी और से हो ही नहीं सकती। 'ऊधम सिंह' कविता में कवि राधामोहन गणनायक ने उद्दाम शब्दों में उनके वीरत्व का वर्णन किया है। भगत सिंह, ऊधम सिंह की तरह अनेक अमर शहीद देश के स्वतन्त्रता संग्राम-यज्ञ कुण्ड में प्राणाहुति देकर इस माटी को धन्य कर गये हैं।

गाड़ी लगातार भागती जा रही है। पहाड़, जंगल, नदी, पर्वत सब को नजर अन्दाज करते हुए। सुबह होने में देर है। धीरे-धीरे पौ फटने लगा है। प्रकृति अधिक तेजोमयी, अधिक जीवन्त लगने लगी है। दोनों ओर गेहूँ के लहलहाते खेत। सुबह की शीतल हवा के झोंकों से झूमते पौधे। श्यामल सीमा पार करके गाड़ी हस्तिनापुर की ओर मुखातिव हो चुकी है। अब बिस्किट चाय आ जाएगी। सहयात्रियों के खर्राटों से फिर भी सुबह भ्रूकुंचित करती-सी लगती थी। कहाँ होती है वह गहरी नींद! मानो वे लोग कई सालों से सोये नहीं थे। हल्का-सा एक शाल में ओढ़कर प्रातःकर्म से निवृत्त हो गयी। शीतताप को किसी ने बीच में चढ़ा-बढ़ा दिया था। ठंडक तेज हो गयी थी।

कितनी सुन्दर है यह सुबह! गाँव की सुबह याद आने लगी। पोखर में कुईं

खिले होंगे। फूल तोड़ने के दिन भी तो अब नहीं रहे। तब वेटर चाय लेकर आया। सुबह नौ बजे गाड़ी दिल्ली स्टेशन पर लगेगी। बेटी-दामाद, अगवानी के लिए आएँगे। उनकी नन्ही-मुन्नी बिटिया 'परी' भी आएगी उनके साथ। उनके संग दो ही दिन रुकना है। फिर गोल्डन टेम्पल एक्सप्रेस से अमृतसर के लिए रवाना हो जाएँगे। वहाँ तीन दिन रहकर फिर दिल्ली आना होगा। फिर राजधानी से भुवनेश्वर। ऐसे भागमभाग में लौटना क्या ठीक होगा? हमारे साथ दो-तीन दिन और बिता कर जाते! रुँधे-रुँधे-से बेटी ने कहा।

बेटियाँ परायी हो जाने पर इसी तरह अभिमान करने लगती हैं। उसे समझाने की कोशिश की। मैं तो एक दायित्वपूर्ण नौकरी करती हूँ बीजेबी कॉलेज में। कॉलेज के अध्यापकों के लिए राष्ट्रीय-अन्तरराष्ट्रीय कुछ भी संगोष्ठी क्यों न हो, शामिल होने के लिए ड्यूटी लीव मिल जाती है। सारी पांबन्दियाँ बस कॉलेजों में हैं।

गाड़ी दिल्ली स्टेशन पर आ लगी। बेटी-दामाद और नातिन 'परी' हमें लेने आ पहुँचे थे। लगभग एक साल बाद उनसे भेंट होगी। वे भी इस बीच ओडिशा आये नहीं थे। परी की तोतली ओड़िआ सुनकर हमारी सारी थकान मिट गयी। नन्ही-सी प्यारी-सी परी को गोद में उठा लेने को मन व्याकुल होने लगा। वह तो मेरे जिगर का टुकड़ा है। रास्ते भर मन में सँजोयी बातें बोलती जा रही थी बेटी। परी-सी मेरी बेटी भी थी एक दिन। आज बड़ी हो गयी है। आज वह माँ बन चुकी है। मेरी तबीयत हल्की-सी बिगड़े तो काफी परेशान हो जाती है। उस जैसी एक बेटी के लिए सात जन्मों की तपस्या भी कम होगी। आज वही परायी बनी हुई है। हम उनके मकान के पास पहुँचने लगे थे। गाजियाबाद में दामाद का सरकारी आवास है। नानी की गोद से उतरने को परी तैयार नहीं थी। कुछ दिन पहले मेरी कविताओं का संग्रह 'परी पाइँ नानावाया गीत' प्रकाशित हुआ था। उसमें कई चित्र भी थे। उसे देखने को परी सदा ललचाती रहती थी। हरदम उसके हाथों में एक न एक किताब होती है। पढ़ने बैठे तो भी कई और किताब उसके पास होती है। परी बड़ी होने पर कवि होगी या विज्ञानी! शायद कवि होगी। देखते-देखते दिल्ली में दो दिन गुजर गये। माँ कहीं और चलना नहीं है क्या, बार-बार पूछ रही थी। और मैं जवाब में कहती—मैं तो तुम्हारे साथ रहने आयी हूँ, कहाँ और चलूँगी? यहाँ से बस गुरुनानक देव विश्वविद्यालय अमृतसर को ही जाना होगा।

दो दिनों के बाद फिर स्टेशन आना पड़ा पंजाब जाने के लिए। रात के नौ बजे हमारी गाड़ी थी। गोल्डन टेम्पल एक्सप्रेस। अकेले दामाद हमें छोड़ने आये थे। बेटी दुःखी हो गयी थी। परी कुछ समझ नहीं पा रही थी। रात भर की

यात्रा के बाद गाड़ी दूसरे दिन सुबह आठ बजे अमृतसर पहुँची। ट्रेवल एजेण्ट की भेजी हुई गाड़ी हमें होटल ले चलने को आयी थी। गाड़ी के टेप पर एक पंजाबी लोकगीत बज रहा था। बेहद मधुर धुन। अर्थ था—'कहाँ दूर देश को चलेगा पैसे कमाने! उसी से तेरी जवानी ही बीत जाएगी। रह, इस गाँव में रह। गेहूँ के खेतों की सोने के समान फसल देखकर खुशी-खुशी वक्त गुजार।' काफी अर्थपूर्ण है यह लोकगीत। टैक्सी आकर एक सुदृश्य होटल के सामने रुकी।

अमृतसर स्वर्ण मन्दिर के लिए विख्यात है। अनन्त इतिहास, कई घटनाओं के मूक साक्षी के रूप में सर ताने हुए है स्वर्ण मन्दिर। जलियाँवाला बाग भी अमृतसर के एक रक्तरंजित इतिहास का गवाह था। शहीद स्मृतिस्तम्भ, अखण्डज्योति आदि निहारते जाते समय उन वीर शहीदों के लिए मन में गर्व भरता जाता था। उसी दिन शाम को वाघा वार्डर चलने की योजना बनायी। एक ओर पाकिस्तानी कौमी झंडा, इस ओर भारतीय तिरंगा, राष्ट्रीय ध्वज। शाम के पूर्व वह ध्वज अवतरित हो जाता है। ओजस्वी स्वरों में दोनों ओर राष्ट्रीय देशप्रेमी गान बज रहे थे। उद्दाम संगीत की लयबद्धता में शाम ढलती जा रही थी। दोनों ओर के फौजी जवान मार्च कर के बढ़ते आ रहे थे सीमान्त गेट बन्द करने। स्वदेशानुभव से उद्बुद्ध होकर हम वापस आये। तब तक शाम ढल चुकी थी।

गुरुनानक देव विश्वविद्यालय, अमृतसर। उसी का लोक साहित्य विभाग। उसी के द्वारा अन्तरराष्ट्रीय लोक साहित्य संगोष्ठी का आयोजन हुआ था। भारत भर के विश्वविद्यालय के प्रतिनिधि शोधकर्ता प्रोफेसर भाग लेने आये थे। ओडिशा से साहित्य अकादेमी के सेक्रेटरी प्रो. राजकिशोर मिश्र जी सपत्नीक आये थे। मैं भी अन्यतम अतिथि के रूप में आमन्त्रित हो पहुँची थी। प्रथम दिन ही हमारे पेपर के लिए तय था। अमृतसर में दो दिन रुककर हम लोग गोल्डन टेम्पल एक्सप्रेस से दिल्ली आये। एक दिन के बाद हरिद्वार, ऋषिकेश देखने गये। तीर्थयात्रा का योग न हो तो घर से निकलना ही सम्भव नहीं होता। भारत भर में विविध प्रख्यात मन्दिर और आश्रम हैं। फिर भी, ऋषिकेश, हरिद्वार का अनुभव अनोखा था। गैरिक परिधान में ऋषि संन्यासियों के ध्यानस्थ रूप उदासीनता में सौम्य प्रतीत होते थे। सन्ध्या के समय गंगा में हजारों दीप की आरती देखकर भारतीय तत्त्व दर्शन की चेतना आभायित, उद्दीपित, अर्चित, अभिनन्दित होती-सी लगी। मानो उससे, जैसा कि हमने महसूस किया मानो हम संसारियों के मन में भी महानुभवता जागरित होने लगी थी। हमारा विषयासक्त मन बेतहाशा हर पल दौड़ता-भागता रहता है, न कुछ प्राप्ति होती है न उस भागने की परिसमाप्ति! उस दिन हम हरिद्वार में रुक गये। पत्तल में घृतान्न का प्रसाद सेवन किया। हमारे साथ एक तमिल

युवक था। दामाद के मित्र सेन्थिल। दूसरे दिन सुबह देखा हमारी धर्मशाला के नीचे आँगन में सैकड़ों संन्यासी पत्तल बिछाए बैठे हैं और उन्हें पूड़ी-सब्जी परोसा जा रहा है। उस धर्मशाला के मालिक एक धर्मप्राण व्यक्ति हैं, रोज उसी तरह से संन्यासियों की भोजन व्यवस्था करके वे आत्मसन्तुष्ट होते हैं।

भारत की महिमा अपरम्पार है। हरिद्वार हो या ऋषिकेश हर क्षेत्र में गरिमामयी भारत अपना ऐतिह्य लेकर उज्ज्वल है। हमें हरिद्वार से ऋषिकेश चलना था। ऋषिकेश की यात्रा और दर्शन में एक अद्भुत अनुभव समाहित था। बहुत पहले मेरा छोटा भाई संन्यास लेकर ऋषिकेश चला आया था। उसकी स्मृति मुझे उस दिन हैरान करने लगी। मनुष्य क्यों सब तज कर वैरागी बन जाता है? जो आजन्म वैरागी हैं उनकी बात न्यारी होती है! पर, किस प्रकार की एक चेतना इनसान को संसार विमुख कर देती है, नैराश्य, दुःख का सामना जीवन में न हो पाने की भावना शायद उसके लिए जिम्मेदार है। हरिद्वार और ऋषिकेश की गंगा सम्पूर्ण भिन्न है। हम लछमन झूला, राम झूला देख आये। पास के सभी मन्दिरों में दर्शन किया। लौटते समय पतिदेव भावप्रवणता में बोलने लगे—टूना (मेरा छोटा भाई) सदा ऋषिकेश के बारे जो बताता रहता था, उसी से अनुप्रेरित हो हम आये; सचमुच ऋषिकेश की कोई तुलना नहीं है। हमारे साथ आये सेन्थिल बाबू की दूसरे दिन मीटिंग थी जिससे हम दिल्ली लौट आने की तैयारी करने लगे। दिल्ली पहुँचकर मुझे याद आयी कि जो सात दिनों की केजुवल लीव लेकर मैं आयी थी वह एक दिन पहले ही खत्म हो गयी हैं। और तीन दिनों की छुट्टी के लिए कॉलेज को फोन पर सूचना दे दी। स्वयं शासित बीजेबी कॉलेज के अध्यक्ष की क्षमता के बहिर्भूत है ड्यूटी लीव मंजूर कर देना। मैं अगर विश्वविद्यालय की अध्यापिका होती तो वह सुविधा भी मिल गयी होती। लोक साहित्य सेमिनार हो या कविता की संगोष्ठी हमें तो अवकाश की पाबन्दियों को लेकर ही चलना होता है। अमृतसर के स्मृतिमय दिनों के साथ दिल्ली, घर-परिवार...ऋषिकेश, हरिद्वार की गैरिक भावना मन को आच्छन्न किए थी।

शिमला राष्ट्रपति निवास की एक रोमांचक अनुभूति

बचपन में शिमला के बारे में कई कहानियाँ सुनी हैं। परी कथाओं की भाँति यह शिमला। पहाड़ों पर पहाड़, जहाँ तक नजर न पहुँचे। पहाड़ की तलहटी की हजारों फीट की ऊँचाई पर है यह समरहिल, राष्ट्रपति निवास। सर्वपल्ली राधाकृष्णन ने अक्टूबर 20, 1965 में इस इण्डियन इंस्टीट्यूट ऑफ एडवांस्ड स्टडी सेण्टर का उद्‌घाटन किया था। यह पूर्ण रूप से केन्द्रीय शिक्षा विभाग की परिचालना के अन्तर्गत है। भारत भर के विभिन्न क्षेत्रों से शिल्पी, कवि और प्रतिभाशाली व्यक्तिविशेष शोध के लिए यहाँ आते हैं। इस एडवांस्ड सेण्टर में उनके आवास, खानपान आदि का सुव्यवस्थित प्रबन्ध है। केवल लिखने पढ़ने के लिए भारत भर में कोई और सही जगह है, वह मैं याद नहीं कर पा रही हूँ। सुबह साढ़े आठ से लायब्रेरी, और रीडिंगरूम खुल जाता है। बीच में लंचब्रेक, बस एक घण्टे के लिए। लाइब्रेरी में कम्प्यूटर इण्टरनेट है, दुनिया भर को सम्पर्क से जोड़ देने का यन्त्र। सिवालिक पर्वतमाला शिमला शहर को घेरे हुए है। उसी पर्वत माला में कुलि और मलि पर्वत दिखाई देते हैं। नितान्त मोहक उन है पर्वतों की सुन्दरता। विदेशी उन पर्वतों के प्रति आकर्षित होकर आया करते थे। उसी समय से उन्होंने शिमला को भारत की समर कैपिटल की मान्यता देना चाहा। वही 'समर हिल' या राष्ट्रपति निवास के स्थापत्य के रूप में हेनेरी इरउइन् स्मरणीय है। कैसी अप्रतिम है यह स्थापत्य कला। शिवालिक पर्वत माला के नामानुसार वहाँ से ट्वाय ट्रेन (खिलौना रेल गाड़ी) विभिन्न पार्वत्य शहरों के साथ संयोग साधे है। 'शिवालिक' नाम से वह भी नामित है। मैं दिल्ली से चण्डीगढ़ और वहाँ से शिवालिक से शिमला पहुँची थी। वह खिलौना ट्रेन यथार्थ में एक खिलौने की तरह है। पूरी गाड़ी शीतताप नियन्त्रित। अभिजात चेयरों से सजा सारा कम्पार्टमेण्ट। पर्वत काटकर ट्रेन लाइन बिछायी गयी है। टेढ़ी-मेढ़ी सँकरी टॅनेल।

ये अँधेरी टॅनेल इलेक्ट्रिसिटी से आलोकित है। उन टॅनेलों में से गाड़ी के गुजरते समय का अनुभव बेहद रोमांचक है। रेल पटरी के दोनों ओर घना जंगल है। जंगल में, अज्ञात नामों के खिले फूलों का सम्भार है। कई पर्वतीय स्टेशनों में

गाड़ी रुकती जाती है। पाँच-छः बोगियों से जुड़ी वह गाड़ी। ट्रेन कभी तीखे पहाड़ी शिखर पर चढ़ जाती है तो फिर कभी नीचे उतरती आती है। काफी आमोददायक है वह ट्रेन यात्रा। सितम्बर की अन्तिम वर्षा, बीच-बीच में बरसती जाती है।

वर्षा के भीगे फूलों की खुशबू तन मन को महकाती जाती है। बेहद लुभावनी है वह महक। उस सुगन्ध से तन मन उल्लसित हो उठता है। किन्तु, कालका या दिल्ली से यदि कोई कार से शिमला आये तो उसे अधिक देर नहीं लगेगी। चण्डीगढ़ से शिमला मात्र तीन घण्टों की यात्रा। पाइन जंगल के आस्तरण से माथा उठाए अनेक गिरिश्रृंग हैं। शिमला का वाइसराय हाउस आगे चलकर 'राष्ट्रपति निवास' के नाम से नामित हुआ है। राष्ट्रपति निवास का इतिहास आज मूर्तिमन्त होकर है। सुदूर अतीत की गहराई से मन अपने आप खिंचा चला जाता है। विश्वासघाती मीरजाफर, कूटचक्रान्तकारी लॉर्ड क्लाइव, वर्तानियों के स्पर्द्धित अन्दाज। काल के गह्वर में कहीं खोकर निश्चिन्ह हो गया है।

इंडियन इंस्टीट्यूट ऑफ एडवांस्ड स्टडी सेंटर के द्वारा आमन्त्रित होकर मैं एक हफ्ते के लिए विजिटिंग स्कॉलर के रूप में शिमला आयी थी। शिमला स्टेशन से मुझे राष्ट्रपति निवास ले जाया गया। ट्रेन में सामान्यतः सफर के लिए लगभग छः घण्टे चण्डीगढ़ से शिमला के लगते हैं।

राष्ट्रपति निवास में उन दिनों की आवासिक व्यवस्था के कारण एक शोधकर्त्री के रूप में उनसे मुझे जो सम्मान प्राप्त था उसे मैं अध्यापकीय जिन्दगी की सर्वश्रेष्ठ स्वीकृति मानती हूँ। ओडिआ भाषा साहित्य की अध्यापिका हूँ, सोचकर मुझमें कतई पश्चात्ताप नहीं है। जीवन में जिस मातृभाषा को मैं बड़ी मानती आयी हूँ वह तो मेरे लिए हर तरह से वन्दनीया है! एक भाषा साहित्य की अध्यापिका के रूप में मैं आमन्त्रित होकर यहाँ आयी हूँ। मुझे ओड़िआ लोक साहित्य पर लिखित अभिभाषण उपस्थापित करने का अवसर मिला है। मेरी चेतना में बारम्बार शिमला का इतिहास पैठता आ रहा है। बड़े ही सौभाग्य से जीवन में उस जैसा अवसर प्राप्त होता है। शिमला नाम का तात्पर्य तलाशते-तलाशते पता चला कालको पहाड़ का। 8050 फीट की ऊँचाई पर एक संन्यासी थे। उन्होंने हरित शिला में एक मकान बनाया था। वह है शिमला का पहला मकान। उनके उस 'श्यामालय' से शिमला नामित हुआ है, यही कुछेक विद्वानों का मत है।

और भी भिन्न मत के अनुसार (श्यामला) दुर्गा उस क्षेत्र की अधिष्ठात्री देवी है। कालिका के नाम से जिस तरह कालका हुआ है उसी भाँति श्यामला से शिमला होना सम्भव है। शिमला से प्रसिद्ध कुलू उपत्यका की दूरी है 143 मील और मसूरी की दूरी है 152 मील।

इंडियन इंस्टीट्यूट ऑफ एडवांस्ड स्टडी सेंटर की ओर से भारत तथा भारत के बाहर से स्कॉलर आमन्त्रित हैं। जिससे प्राच्य पाश्चात्य भाव किए जाते। विनिमय शिमला के माध्यम से होता है। उसके अतिरेक विश्व प्रसिद्ध विद्वान, कवि, लेखक-चिन्तक भी आकर सम्बोधित करते हैं। देश भर से फेलो मनोनीत होकर यहाँ शोध के लिए सम्मिलित होते हैं। नृतत्व, इतिहास, समाज विज्ञान, कला और साहित्य ये प्रसंग इसके अन्तर्गत हैं। परिदर्शक अध्यापक, फेलो तथा लेक्चरर इस प्रकार तीन वर्ग के गवेषक यहाँ आते हैं। यहाँ का पाठागार विशेष महत्त्वपूर्ण। यही उसकी गुरुत्वपूर्ण मान्यता है। सुबह आठ से रात के आठ बजे तक पाठागार खुला रहता है।

मैं राष्ट्रपति निवास में एक सप्ताह के लिए अतिथि के रूप में थी। उनके आतिथ्य की कोई तुलना नहीं है। सुबह सात बजे ब्रेकफास्ट, चाय लेकर लायबेरी के रीडिंग रूम को आया करती थी। रीडिंग रूम में प्रत्येक गवेषकों के लिए स्वतन्त्र कम्प्यूटर है। इण्टरनेट की व्यवस्था है। सभी स्कॉलर एक साथ लंच और डिनर लेते थे। कन्नड़ के विख्यात लेखक प्रोफेसर हेगड़ बीच-बीच में हमारे साथ खाने के लिए टेबिल पर आया करते थे। वे एक जाने माने कन्नड़ लेखक हैं। वे नेशनल फेलो के रूप में निर्वाचित होकर वहाँ रहते थे। वे अनेक पुस्तकों के रचयिता थे।

हमारे पारिवारिक मित्र डॉ. मुक्तिकान्त महापात्र की सुकन्या गौरी महापात्र हिमाचल प्रदेश में एकाउंटेंट जनरल थीं। अतः वे मुझे बीच-बीच में लंच या डिनर के लिए अपने घर बुलाया करती थीं। पहाड़ी सड़क पर से चलने में मुझे तकलीफ होती थी। उसी से गौरी ड्राइवर भेजकर मुझे लिवा लिया करतीं। हिमाचल प्रदेश के लोग बेहद सरल होते हैं। उनके साथ बतियाते समय काफी आनन्द आता है क्योंकि सरलता मुझे सदा मुग्ध करती आयी है। जबकि मैं अपनी इस सरलता के लिए कई बार ठगी भी जा चुकी हूँ। शिमला में कुछ पोषाक खरीदने की इच्छा से मैंने गौरी से पूछा। अगस्त के अन्त में भी वहाँ ठंड काफी थी। मैं अपने साथ बस एक स्वेटर ही लेकर गयी थी। उसी से मुझे कुछ और खरीदना पड़ा। गौरी ने मेरे साथ खरीददारी में सहायता करने के लिए ड्राइवर और अर्दली को भेजा। शिमला में सभी दुकानों को मॉल कहते हैं। तरह-तरह के स्वेटर, कार्डिगन, शाल वगैरह करीने से सजाये हुए थे। ऐसे सुन्दर और ताजा लग रहे थे कि, देखकर मन फिदा हो जाए। वहाँ सेब बीस रुपये में एक किलो। इच्छा हो भी तो ले आना मुमकिन न होता क्योंकि मैं तो सीधे भुवनेश्वर लौटूँगी नहीं। शिमला से दिल्ली, वहाँ बेटी के साथ दो दिन रहकर मुझे भुवनेश्वर वापस आना

था। बेटी के लिए सेब और परी के लिए पेंटिंग का कुछ सामान खरीद लिया। मुक्तिकान्त और मेरे पतिदेव बचपन से बालेश्वर जिला स्कूल में सहपाठी थे। इस बीच जिन्दगी के बेशुमार उतार-चढ़ाव के बावजूद उन में वह मित्रता अटूट है। मुक्ति बाबू पेशे से डॉक्टर हैं। उनकी पत्नी भी डॉक्टरनी है। एक पंजाबन से शादी करके वे सालों तक चण्डीगढ़ में रहे। वहाँ मकान भी बनवाया। उन्हीं की बेटी है गौरी। वह जे.एन.यू. की छात्रा थी। बाद में अलायड पाकर भारत में कई जगह अवस्थापित हुई है। अब हिमाचल प्रदेश की राजधानी शिमला में दो सालों से पोस्टिंग हुई है उसकी। इस बीच उसने खूब नाम कमाया है। हम ज्यादातर नौकरी के कारण भुवनेश्वर ही में टिके रहे हैं। जैसे-जैसे वक्त गुजरता जा रहा है बचपन की याद खूब आने लगी है। मुक्तिकान्त बाबू जब कभी भी अपने गाँव आते हैं या किसी शादी-ब्याह में शामिल होने आते हैं तो बीच-बीच में आकर अपने मित्र से मिलकर चाय-नाश्ता करके जाना नहीं भूलते। प्रेम और मित्रता इस कदर प्रगाढ़ है कि सचमुच उसकी कोई तुलना नहीं है।

राष्ट्रपति निवास लकड़ी की बनी एक भव्य इमारत है। ऊपरी मंजिल पर अतिथियों के लिए कमरे हैं। नीचे लायब्रेरी, रीडिंगरूम, कॉन्फ्रेंस हॉल आदि-आदि हैं। ऊपरी मंजिल के कमरे काफी प्रशस्त हैं। उसी में बैठक और शयन कक्ष है। बैठक शयन कक्ष जुड़कर है। उसी में फायर प्लेस भी है। इस तरह एक विशाल कमरे में मुझ अकेली को रहना होगा, शंकित होना स्वाभाविक है। परन्तु, मेरे कमरे से सट कर थी एक महिला, जे.एन.यू. की प्रोफेसर। बेहद सुनसान, मौन निस्पन्द। पहाड़ की ऐसी ऊँचाई पर राष्ट्रपति निवास। बन्दर बालकोनी तक आ जाते हैं इसलिए बन्द रखने होते थे, जिससे कोई नुकसान न होने पाये। देर रात तक मैं लिखती-पढ़ती रही। रात दो बजे के बाद मुझे हल्की-सी झपकी आने लगी। तब मुझे लगा मानो काफी दिन पहले ग्रीस में मिली एक लड़की की शक्ल से मिलती जुलती कोई लड़की खिड़की की उस ओर से दस्तक दे रही है भीतर आने के लिए। मेरी नींद उचट गयी। डर भी लगने लगा। यहाँ कोई भूत-प्रेत तो है नहीं, विलायत के लोग पहले यहाँ रहा करते थे। उनमें से किसी एक लड़की की अपमृत्यु भी हुई होगी। क्या अब भी उसी की आत्मा यहाँ भटकती फिर रही है? उसी प्रकार कई तरह के उद्वेग और डर से और भी नींद नहीं आयी। उसके बाद और कोई स्वर सुनाई नहीं दिया। तब, विभु स्मरण करके कुछ लिखना चाहा। तीन बजने वाले थे। अगस्त-सितम्बर का शीत काल। फिर भी भोर होने में और भी दो घण्टा बाकी है। श्रीमा की 'चिरन्तनी' पढ़ने लगी। जीवन में अनेक अनुभूतियाँ, सांसारिक यन्त्रणा-जर्जरित मुहूर्तों को झेलते हुए कोई

किस तरह अतिक्रामित हो पाये उसी का वर्णन उस पुस्तक में मूर्तिमती होकर है। धीरे-धीरे आकाश रक्तरंजित होने लगा। उद्वेग ही में दो घण्टे बीत चुके थे। अदूर थी कुलू उपत्यका। बादल पर्वत शिखरों पर जम कर थे। चारों ओर पाइन अरण्य का नीलाभ आस्तरण। उस भाँति की शोभा-सुषमा अतीत में कभी नजर आयी थी, स्मरण कर नहीं पायी। उस समय काठमाण्डू चलते वक्त हिमालय में उसी तरह से एक विरल झाँकी नजर आयी थी। सूर्योदय का नजारा।

ब्रेकफास्ट करने के बाद तैयार होना है। शिमला रेडियो सेण्टर में आज मेरे साक्षात्कार की रिकार्डिंग है। मुझे अंग्रेजी नहीं हिन्दी में बोलना होगा। हिन्दी में बोलने की वह दक्षता मुझमें नहीं है। बचपन में हिन्दी क्लास के समय अनेकाग्र होने के कारण आज यह दशा आयी है। फिर भी जैसे-तैसे चला लूँगी। रेडियो स्टेशन चलने के लिए गौरी गाड़ी भेजेगी। पहाड़ के चारों ओर सेंट्रल ए.सी.। ऊपर चढ़ना-उतरना एक चमत्कारिक अनुभव है। जरा सी असावधानी होने पर फिसल कर नीचे गिरने की सम्भावना है।

आज है वृहस्पतिवार। विजिटिंग फेलो के रूप में उस दिन मेरा सेमिनार था। निबन्ध उपस्थापन के बाद मुझे लगातार प्रश्न वाणों को झेलना होगा। उसके लिए मुझे तैयार रहना होगा। कन्नड़ प्रोफेसर बालचन्द्र व्ही नामाड़े संगोष्ठी संचालन कर रहे थे। वे मराठी के उपन्यासकार है, कवि और आलोचक हैं। उनका जन्म 1938 में सांगभी गाँव में हुआ था। सभी अच्छे कवि या लेखकों का जन्म प्रायः गाँवों में होता है। दूसरों में जे.एन.यू. की प्रोफेसर मिसेज घोष, उसमानिया विश्वविद्यालय के प्रोफेसर सेन आदि उपस्थित थे।

सेमिनार की समाप्ति के बाद चाय-विराम। जो फेलो के रूप में यहाँ भाग लेने आये हैं, सभी उपस्थित थे। सेमिनार हॉल बेहद सुन्दर है। सर्वपल्ली राधाकृष्णन्, कविगुरु रवीन्द्रनाथ के फोटो टँगे हुए थे। हर ओर सतेज फूलों की महक छायी हुई है वह सीढ़ी पहाड़ हो या लायब्रेरी, हर जगह विदेशी फूल ही फूल। मन अपने आप ताजा हो जाता है।

पुसी कैट लेन में है दमयन्ती का मकान

(मॉरीशस की अनुभूति)

एयर मॉरीशस प्लेन भारतीय समय एक बजकर तीस मिनट पर दिल्ली हवाई अड्डे से रवाना हो जाएगा। आज परी अपनी माँ के साथ मुझे विदा करने आयी है। जुलाई 31 तारीख। दिल्ली में बूँदाबाँदी शुरू हो गयी है। ओड़िशा में अन्तहीन है बाढ़ का प्रकोप। कभी ट्रेन रद्द हो गयी है तो कभी हवाई जहाज रद्द। वर्षा और बाढ़ से ओडिशा का जन जीवन त्रस्त है। जुलाई 31 को मॉरीशस यात्रा के लिए पहले से टिकट और बैंक से विनिमय में कुछ डॉलर का बन्दोवस्त भी हो चुका है। विदेश यात्रा के चार-पाँच दिन पहले घर पर हनुमान चालीसा और सुन्दरकाण्ड का पारायण भी सम्पन्न हो चुका था। भुवनेश्वर हवाई अड्डे तक मेरी माँ, जिसकी उम्र नब्बे वर्ष हो चुकी है, मुझे छोड़ने आयी थी। आज मेरी तीन साल की नातिन दिल्ली हवाई अड्डे आयी है। साथ में रंगीन पेंसिल और ड्राइंग की कॉपी भी लेकर आयी है। उसके साथ पिपली का बना छाता भी है। मैं मॉरीशस में अन्तरराष्ट्रीय रामायण संगोष्ठी में भाग लेने जा रही हूँ।

चालीस साल पहले मॉरीशस ने मेरे मन की आँखों में सपनों का सुरमा लगाया था। उस समय मैं शान्तिनिकेतन में एम.ए. की छात्रा थी। मॉरीशस की लड़की दमयन्ती मेरी सहेली थी। वह संगीत में स्नातकोत्तर छात्रा थी और मैं थी भाषा साहित्य की। हम दोनों एक ही छात्रावास की अन्तेवासिनी थीं। सुदूर मॉरीशस से आकर शान्तिनिकेतन में पढ़ने के लिए उसे बेहद कष्ट झेलना पड़ता था। भोर चार बजे उठकर, नित्य कर्म निबटा कर सुबह वैतालिक में भाग लेकर वह साढ़े छह बजे तक क्लास पहुँच जाती। शान्तिनिकेतन में क्लास का आरम्भ साढ़े छह बजे हुआ करता था। पढ़ाई की समाप्ति के बाद मैं ओडिशा वापस आ गयी और दमयन्ती चली गयी मॉरीशस। वहाँ जाकर महात्मा गाँधी इंस्टीटयूट में अध्यापन किया और उसके बाद सेवा निवृत्त हुई। इस बीच चालीस साल कर समय प्रखर नदी की धारा के समान कैसे गुजरे सोचूँ तो अजूबा-सा लगता है। वह मॉरीशस के 'रोज हिल' में अपने माता-पिता के साथ रहती थी। तब मैं सोचती थी कि

मॉरिशस : बोटेनिकल गार्डन में लेखिका

वहाँ पहाड़ भर गुलाब का बगीचा होगा। ब्लैक रोज से लेकर तरह-तरह के गुलाब। वहाँ दमयन्ती का मकान होगा। पहले दो साल तक मेरे और दमयन्ती के बीच पत्र व्यवहार होता रहा। मॉरीशस से साउथ अफ्रीका पहुँचने में काफी कम समय लगता है, वह बताती थी। भारत महासागर के बीच मॉरीशस एक छोटा-सा टापू है। उस द्वीप का इतिहास अधिक प्राचीन न होने पर भी वह एक काफी समृद्ध द्वीप है। कभी-कभार मैं दमयन्ती को मजाक में कहा करती थी--जीवनानन्द दास बनलता सेन को लवंग, इलायची, दालचीनी द्वीप में तलाशते-तलाशते 'नाटोर' में आविष्कार करने की तरह शायद तुम्हें भी वैसे ही खोजना होगा। यथार्थ में मॉरीशस ने मेरे मन में सपनों के डैने जड़ दिये थे।

दरअसल मुझसे उसका पता कहीं खो गया था। चिट्ठी देने पर भी वह कोई जवाब नहीं दे रही थी। वह मॉरीशस से कुछ सालों के लिए साउथ अफ्रीका चली आयी थी पीएच.डी. करने के लिए। सांसारिक जंजालों में उलझकर मैंने भी उसके साथ सम्पर्क साधने की कोशिश नहीं की। कुछ साल पहले मॉरीशस की लोक साहित्य प्रोफेसर सुचिता रामदीन और मैं स्वीडन की एक लोक साहित्य संगोष्ठी में मिली थीं। मैंने उनसे दमयन्ती के बारे में पूछा था और ई-मेल पता देकर उसे दमयन्ती को भी देने का अनुरोध किया था। दमयन्ती का खोया पता पाकर उस दिन मेरी खुशी का ठिकाना नहीं रहा था। उसके बाद दमयन्ती ने चिट्ठी लिखी। चिट्ठी में काफी कुछ लिखा था उसने। सांसारिक दुर्वार जंजाल, बेटा-बेटी की पढ़ाई, उसकी खुद की नौकरी आदि से वह एक तरह से लद गयी थी। मैं मॉरीशस आ रही हूँ। यह जान कर उसने कई बार खुशी से फोन भी किया, बार-बार। हर बार वही एक ही बात, जैसे भी हो सेमिनार के बाद मुझे उसके घर पर पन्द्रह दिन रुकना होगा। सुन कर मैं तो दंग रह जाती थी। इस मतलबी दुनिया में क्या दमयन्ती पहले की तरह है? कुछ भी बदली नहीं है? शान्तिनिकेतन में पढ़ते समय एक बार गर्मियों की छुट्टियों में आकर वह हमारे घर पर एक महीना रुकी थी। वापस आकर उसने मेरे माता-पिता, भाई-बहनों की प्रशंसा में काफी कुछ लिखा था। ओड़िशा में पुरी, कोणार्क, भुवनेश्वर, चिलिका आदि स्थानों पर हम उसे घुमा लाये थे। वह स्मृति उसके मन में अब तक अटूट है। ओड़िशा के मन्दिर, उत्कलीय संस्कृति सब कुछ उसके प्रिय हैं, इस बात को वह बार-बार दुहराती रहती है।

शादी के बाद दमयन्ती का पता बदल गया है। मॉरीशस में छोटा-सा शहर है क्वाटरबान्स। वहाँ है उसका मकान। पुसी कैट लेन।

अन्तरराष्ट्रीय हवाई अड्डे के अन्दर दूसरों के लिए प्रवेश निषिद्ध है। उसी

से बेटी को काफी ठेस पहुँची कि मैं अकेली मॉरीशस जा रही हूँ। कुछ दिन पहले मॉरीशस में एक हादसा हुआ था। प्लेन के टेकअॅप लेते समय एक पक्षी इंजन के अन्दर घुस आया, सौभाग्य से यात्रीगण बच गये। पायलट ने सभी यात्रियों को कुशलतापूर्वक उतार दिया। वही बात शायद बेटी को याद हो आयी होगी। तकदीर भली थी कि उस दिन वे बच गये। मैंने कहा—"बेकार में यहाँ रुक कर क्या करेंगे, सिक्युरिटी चेकिंग के बाद मेरे अन्दर दाखिल होने पर तुम लोग वापस चले जाना।" चारों ओर तो सन्त्रासवाद का राहु-ग्रसित होकर है। हवाई अड्डों में तो सबसे अधिक़। चारों ओर कड़ी सुरक्षा व्यवस्था है। सबकी जाँच हो जाने पर इमिग्रेशन फार्म भरकर मैं लाइन में खड़ी हो गयी। सामान को तोला जा रहा था। 20 से 25 किग्रा. तक साथ ले जाने की इजाजत है। ओड़िशा से 'विकल कर' का रसगुल्ला, कुछ सन्देश और भुख रुचि के लिए थोड़ा-सा नमकीन। काफी कम कपड़े लत्ते और कुछ किताबें। सब कुछ स्क्रीनिंग होकर लगेज में चला गया। मैंने विंडो सीट के लिए अनुरोध किया। बेटी, दामाद, परी बाहर फिर भी इन्तजार कर रहे थे। फोन पर उन्हें लौट जाने को कहा। उस ओर से बेटी ने मुझे सतर्क करते हुए अनमना न होने को कहा। नहीं तो पिछली बार ग्रीस यात्रा के समय जैसा हुआ था, वैसा ही होगा। ग्रीक संगीत सुनते-सुनते विभोर होकर मैं वहाँ अकेली हो गयी थी। मन ही मन कहा—नहीं, इस बार वैसा कुछ भी नहीं होगा। मॉरीशस के लिए गेट नं. 4 खुला। घोषणा हो रही थी कि विमान चलने वाला है, यात्रीगण तैयार हों। सुरंग की भाँति आलोकित रास्ता। उसी के भीतर से विमान तक जाना होगा। एयर होस्टेस गेट के सामने मुस्कुराते हुए स्वागत के लिए खड़ी है। साढ़े तीन सौ सीट वाला वह विमान। लगभग सभी सीट भर चुके थे। लाल रंग का वह विमान। मैं बजरंग बली का स्मरण करके विंडो सीट पर बैठ गयी थी। किस तरह सेफ्टी बेल्ट लगाना होगा, एमरजेंसी डोर किस प्रकार खुलेगा, आश्वस्ति अनुभव हो तो किस प्रकार सर पर टँगा ऑक्सीजन थैला खुलेगा वगैरह एयर होस्टेस लगातार बताती जा रही थी। सीट के सामने टेलीविजन है, स्विच दबाने पर हेडफोन से गाने सुन सकते हैं, या किसी और चैनल से फिल्म भी देख सकते हैं। मॉरीशस भारत महासागर में एक छोटा-सा टापू है। लगभग समन्दर के ऊपर से सफर तय होगा। समन्दरी हवा से विमान बीच-बीच में हिलता-डुलता-सा लग रहा था। डर भी लगता था। मन को दिलासा देती रही, जो प्रभु की इच्छा होगी वही होगा। नौरोवी, कराची, दुबई, श्रीलंका आदि पार करके एयर मॉरीशस उड़ता जा रहा था।

विमान परिचारिका आकर बार-बार पूछती रही थी—पीने को क्या चाहिए। फ्रूट

जूस या कुछ और! मेरे सामने बैठी एक साउथ अफ्रीकन महिला बस खाने-पीने में मशगूल थी। पीछे बैठी एक औरत का अवोध बालक लगातार रोता जा रहा था। माँ की उस ओर मानो नजर ही नहीं है, न वह उस पर कोई महत्त्वरोपित ही करना चाहती थी। पायलट घोषणा की—भारत महासागर पर घने बादल छाये हुए हैं, इसलिए विमान स्थिर नहीं रह पाएगा। तब तक कुछेक यात्री बेसुध सो गये थे। एयर मॉरीशस एक परी की तरह डैने पसार कर उड़ती जा रही थी। कभी नीले सागर पर उसकी छाया पड़ रही थी तो कभी पहाड़ों पर से गुजरते समय अनमना हो रही है।

चालीस साल पहले मैं जो सपना देखा करती थी कि मॉरीशस आऊँगी, वह सपना आज साकार होने जा रहा है। भारत महासागर में एक छोटा-सा द्वीप हैं मॉरीशस। चहुँओर अनन्त जलराशि और कुछ ही देर में मैं मॉरीशस की धरती पर पैर धरूँगी। चालीस सालों के बाद मेरी प्रिय सहेली दमयन्ती हवाई अड्डे पर मेरी प्रतीक्षा में होगी। साढ़े सात घंटों की उड़ान भरकर विमान गन्तव्य स्थल पर पहुँचेगा। दमयन्ती बिल्कुल नहीं बदली होगी। मन उसका पहले की तरह सरल होगा। ईश्वर की यही इच्छा थी, जीवन के अन्तिम चरण में हमारी भेंट होगी। घोषणा हुई कि थोड़ी देर में विमान लैण्ड करने जा रहा है।

मॉरीशस हवाई अड्डा दिल्ली के अन्तरराष्ट्रीय हवाई अड्डे से भी काफी बड़ा है। कई तरह के विदेशी विमान लगातार आते-जाते हैं। विमान से उतरकर सुरंगनुमा टॅनेल में से चलकर मैं इमिग्रेशन काउण्टर के सामने खड़ी हो गयी। छह काउण्टरों में लम्बी-लम्बी लाइनें थीं। न्यूयॉर्क यात्रा के समय इमिग्रेसन काउण्टर में अमरीकन अँगूठे के निशान तक लिया करते थे। टिकट, पासपोर्ट, मॉरीशस का आमन्त्रण पत्र आदि की जाँच हुई। एक भारतीय यदि विदेश यात्रा कर रहा हो तो उसे कई सवालों का सामना करना पड़ता है। अमरीका और लन्दन में ढेर सारी पाबन्दियाँ। बाहर निकलकर देखा दमयन्ती, उसके दोनों बेटे—प्रवेश और प्रवीर व्यग्रता से इन्तजार कर रहे थे। दीर्घ इतने सालों के अन्तराल के बाद भी दमयन्ती की घोंसले की भाँति विह्वल दो आँखें वैसी ही थीं। वहाँ नमस्कार करने का ढंग अलग है। अपनेपन में गले लगाकर आगोश में भर लेते हैं। दमयन्ती तो आनन्दातिरेक से पगली-सी हो गयी है। गुलदस्ते से मेरा स्वागत कर रही है। जीवन में चालीस साल का फासला तो कोई कम नहीं होता। एयरपोर्ट से दमयन्ती के मकान की दूरी तीस मील होगी। समुद्र पत्तन से उसका मकरल काफी ऊँचाई पर है। छोटा बेटा प्रवीर गाड़ी चला रहा था। चढ़ाव-उतराव की पहाड़ी सड़क। उनके समय के अनुसार रात के दस बज रहे थे। हमारे यहाँ उस

समय बारह। दमयन्ती के पति की अपनी अन्तरराष्ट्रीय ट्रेवल एजेंसी है, जिसे चलाने की जिम्मेदारी बच्चों पर थी। दमयन्ती अध्यापकी से सेवानिवृत्त होकर कभी-कभार अपनी एजेंसी ऑफिस आकर बेटों की सहायता कर देती है। मॉरीशस की राजधानी पोर्टलुइस में मुख्य कार्यालय और क्वाटरबोन्स में शाखा है। बच्चों ने टूरिज्म मैनेजमेण्ट की पढ़ाई की है दो बेटे, दो बेटियाँ। एक बेटी की शादी हो गयी है। दामाद मॉरीशस में इंजीनियर है। बेटियाँ, प्रकृति और प्रवीणा। वे भी ट्रेवल एजेंसी में काम करती हैं।

दमयन्ती आज अत्यन्त प्रसन्न है। कई बातें वह एक साथ बखानती, बोलती जा रही है। मॉरीशस में इस समय ठंड का मौसम था। ठंड के समय भी बीच-बीच में वर्षा हो रही है। ठंडी हवा बहती है। दिल्ली में तो बेहद गर्मी थी। जुलाई-अगस्त में भी अचानक मानो तपती धरती पर से बर्फ के देश में आ पहुँची। अवश्य, साथ में काफी ऊनी पोशाक ले आने को मुझे ई-मेल पर दमयन्ती ने बार-बार सतर्क किया था। क्वाटरबोन्स के पुसी कैट लेन में दमयन्ती के घर के सामने गाड़ी के रुकते ही दो पामेरियन कुत्तों ने भों-भों करके मेरा अभिवादन किया। गेट खोला बेटी प्रकृति ने। दोनों कुत्ते दौड़कर मेरे पास आ गये। मुझे सूँघकर भौंकना बन्द करके अपनी-अपनी जगह लौट चले हैं। जानवर होने पर भी वे काफी कुछ समझ लेते हैं।

ऊपरी मंजिल पर सब के सोने के कमरे। नीचे डाइनिंग, किचन और ड्राइंग रूम। बड़े बेटे का कमरा नीचे है। मॉरीशस में किसी के घर पर एसी नहीं होता। शीत प्रधान देश। एसी की जरूरत ही नहीं होती। गरम पानी में हाथ-मुँह धोकर हम सब डाइनिंग टेबल पर आ गये।

दिन भर सभी अपने-अपने कार्य में व्यस्त रहते हैं। अतः दमयन्ती के बेटा-बेटी रात का खाना एक साथ खाना पसन्द करते हैं। दमयन्ती पहले भी वेजिटेरियन थी। अब भी वही आदत है। दोनों लड़के आमिष लेते हैं। घर पर आमिष पकाया नहीं जाता, होटल से ले आते हैं। खाने के टेबल पर भी दमयन्ती काफी कुछ पूछती जा रही थी। दीर्घ चालीस सालों से ये सवाल उसके मन में जमा थे। इस बीच मैं काफी दुबली हो गयी थी, बीमार जैसी। तो मैंने मुस्कराकर कहा—देख, हमारे समय के तो अनेक मर-खप गये हैं। जो भी हो मैं जिन्दा हूँ, जिससे मॉरीशस आकर तुम्हें देख सकी, परिवार से जुड़ पायी। बच्चे हमारी बातचीत से कुछ भी नहीं समझ पाते थे। दमयन्ती बांग्ला भाषा में मुझ से बतियाती रही। शान्तिनिकेतन में जब वह थी, तब उसने उस पर अधिकार जमा लिया था। बांग्ला की तरह हिन्दी भी बोल लेती थी। मातृभाषा फ्रेंच के अलावा

और भी चार भाषाओं पर उसका आधिकारिक ज्ञान था। 1971 के कनवोकेशन के बाद वह शान्तिनिकेतन नहीं आयी है। कनिका बनर्जी, जो रवीन्द्र संगीत की परम विदुषी थीं, वे भी आज नहीं हैं। मैं जानती हूँ, दमयन्ती के मन में कनिका बनर्जी के प्रति अप्रतिम श्रद्धा थी। यह सूचना पाकर दमयन्ती मौन हो गयी। दुःखी हो गयी उसने मुझे याद दिलाते-से, एक तरह से उकसाते-से कहा—''देख, ऐसे दूर तक आयी हो इस देश के बारे में, जो-जो तुमने देखा, महसूसा, मेरी बात हमारे बारे में सब लिखना, यहाँ से लौटकर उसे अंग्रेजी में अनुवाद करके भी प्रकाशित कर देना, मैं जरूर पढ़ूँगी।'' मतलबी दुनिया में ऐसे कितने हैं जो मित्रता को याद रखते हैं! उसने मुझे फिर मॉरीशस आने को कहा कि वह स्पांसर करेगी। उसके विशाल हृदय के आगे मैं बेहद बौनी बन गयी थी। मैं तो उससे कभी भी बोल नहीं पायी कि एक बार तू भी भारत आ। जो भी खर्च होगा वह मेरी ओर से होगा। जीवन के उत्तरार्ध में पहुँचकर भी संसार की सर्वस्व-भावना मन से दूर कर देना आसान नहीं होता।

कुछ सालों से मॉरीशस में 'टैगोर इंस्टीट्यूट' शुरू हुआ है। उसमें महात्मा गाँधी इंस्टीट्यूट के अवकाश प्राप्त प्रोफेसर सुचिता रमदीन डायरेक्टर हैं। खाना समाप्त हो गया था। दमयन्ती को शुभरात्रि जता कर मैं सोने चली गयी। सुन्दर चिड़ियों की चहक से नींद टूटी! उस समय मॉरीशस में सुबह के छह बज रहे थे।

कैसी सुन्दर थी वह जाड़ों की सुबह! वर्णमय! हल्के कोहरे की घूँघट ओढ़े मॉरीशस की सुबह ने मेरा अभिनन्दन किया। पक्षियों की परिचित चहक से कब मेरी नींद उचट गयी थी। बेटी प्रकृति चौखट पर खड़ी बुला रही है—गुडमार्निंग आंटी कहकर! चाय लायी है। मैंने कहा—अरी आ, भीतर आ, बाहर दूर क्यों खड़ी है? मैं तो नीचे चलकर तुम लोगों के साथ चाय लूँगी। तेरी मम्मी क्या कर रही है? जल्दी ब्रश करके मैं प्रकृति के साथ नीचे रसोई तक आ गयी। दमयन्ती पुलओवर पहनी हुई। सर पर स्कार्फ बाँधे। नाश्ता बना रही थी। तब समय था साढ़े छह।

सूरज तब भी उगा नहीं था। बादलों से घिरा ठंडा था मौसम। दमयन्ती ने सुप्रभात कहकर मुझसे रात को मुझे अच्छी नींद आयी या नहीं पूछा। मैंने उससे मजाक में कहा—''तेरी जैसी कोई माँ हो तो नींद क्या नहीं आएगी।'' फिर कहा—''मुझे याद है दमयन्ती, जब मैं टाफेल टेस्ट के लिए कोलकाता आयी, तब तुम भी मेरे साथ थीं। भोर होते ही तुमने मुझे जगा कर कहा—''रेडी हो जा! तेरी परीक्षा आठ बजे हैं न?'' सब याद है। तूने इण्डियन यूनिवर्सिटी ब्लोमिंटन को एप्लाइ किया था, पीएच. डी. करने के लिए, याद है! तब मैंने कहा था, तू

अमरीका आये तो मॉरीशस आने में बड़ी आसानी और सुविधा होगी। तुमने वहाँ क्यों पीएच. डी. नहीं की मुझे पता ही नहीं चला। वह शायद 1971 की बात है! तेरे पापा भी तो चाहते थे कि तू विदेश में फोकलोर विषय लेकर पीएच. डी. करे। तब मैंने उससे कहा—अब उन पिछली बातों को याद करके क्या फायदा! जीवन की राह कब क्या मोड़ लेगी किसे पता? क्या तूने कभी सोचा भी था कि मेरी तुझसे भेंट होगी? ठीक है, अब मुझे गरमागरम चाय तो पीने दे! चाय तो कब की तैयार हो चुकी है। दमयन्ती सुबह पाँच बजे उठकर सारा काम काज निवटा लिया है। वहाँ कुत्तों को घुमाने की जरूरत नहीं होती। उन्हें कुछ देर के लिए गेट खोलकर बाहर कर देने से वे अपने आप नित्य कर्म से फारिग होकर वापस आ जाते हैं। सुबह सात बजे तक चाय-नाश्ता करके तैयार होकर बेटा-बेटी अपने दफ्तर को चले जाते हैं। घर का सारा काम काज दमयन्ती को देखना पड़ता है। पहले ही से वह सीरियस मिजाज की थी। उसी वजह से शान्तिनिकेतन में सहेलियाँ मजाक में कहा करती थीं—"दमयन्ती मनोरमा की लोकल गार्जियन है!" सदा वह गार्जियन जैसी ही रहती है। वैसा करो। वह करो नहीं, मन लगाकर पढ़ाई करो, वगैरह...वगैरह! जो उस समय कहा करती थी आज भी वैसी है। कुछ देर पहले बोल रही थी—"इतनी दूर आयी हो सब नोट करके रखना। देख मुझे भूल नहीं जाना! मैं किस तरह घर का सारा काम सँभालती हूँ, दफ्तर जाती हूँ, सब कुछ लिखना। ध्यान रहे कुछ भी जैसे छूट न जाए। एक और बड़ी बात है। छोटे प्रवीर के लिए एक ओड़िशा लड़की चुनना। उसे मॉरीशस की लड़कियाँ पसन्द नहीं हैं।" मैंने कहा—"तू भी तो भारिसस की लड़की है, क्या असुविधा हो गयी? काफी पढ़ाई की। पीएच. डी. किया। महात्मा गाँधी इंस्टीट्यूट में अध्यापन किया। और ज्यादा क्या भी कर लेती? तेरी बहू यदि तुझ जैसी होगी तो वह जरूर प्रवीर की पसन्द की होगी।" जवाब में दमयन्ती ने कहा—सब कुछ डेस्टिनी है! भाग्य है सब कुछ! देखा दमयन्ती भी भाग्य की विश्वासी है। प्रवीर निहायत एक शान्त सुघड़ लड़का है? उसके लिए उसी तरह की एक लड़की भी चाहिए! वह जिस भाँति सर्जनशील और पारंगत है, संहार धुरन्धर भी! दमयन्ती तो वह कर सकती है!

वह पति की अनुपस्थिति में वह घर और दफ्तर दोनों सँभालती है। कैसी दृढ़ और गम्भीर है जिम्मेदारी? उसी के अनुरूप व्यक्तित्व! उस दिन उसने मुझसे अचानक पूछा—अरी,मनो, क्या तुम्हें याद है, ओड़िशा का एक लड़का, साधन परिड़ा नाम का, शान्तिनिकेतन में अंग्रेजी से एम.ए. करता था, श्रीला नाम की एक बंगाली लड़की से प्यार करता था। बाद में उनकी शादी भी हो गयी, ऐसा

मैंने सुना था। तो मैंने कहा—इस तरह की छोटी-छोटी बातें तुझे कैसे याद हैं दमयन्ती! साधन परिड़ा शान्तिनिकेतन ओडिआ यूनियन का पहला सेक्रेटरी बना। भाषण कला में माहिर था। अच्छा विद्यार्थी भी था। पी.एस.सी. में चयनित होकर ओड़िशा के कुछेक महाविद्यालयों में अध्यापक के रूप में काम भी किया था।

मैंने वह भी सुना था कि उसने उस बंगालिन से शादी की। कुछ वर्ष साथ-साथ रहने के बाद उसका सम्बन्ध-विच्छेद हो गया। दो बेटी और साधन को छोड़कर वह लड़की भुवनेश्वर से कोलकाता आ गयी। सभी लड़कियाँ घर गृहस्थी के लायक नहीं होतीं। घर तो त्याग की नींव पर खड़ा रहता है। इतना आसान नहीं हैं घर बसाना। उसके बाद साधन परिड़ा के जीवन में नाटकीय बदलाव आया।

जीवन में परेशानियों के कारण अपने को गलत रास्ते पर डाल लेना क्या मूर्खता नहीं है? एक साल पहले नशे की हालत में स्कूटर से आते हुए ट्रक के नीचे दबकर उसका जीवन दीप बुझ गया अखबारों में वह खबर आयी थी। दुःख हुआ। शान्तिनिकेतन में ओड़िशा समाज के लिए वह गर्व था। कई सम्भावनाएँ थीं उसे लेकर। वैसी एक लड़की उसके जीवन में आयी कि असमय ही सब कुछ का अन्त हो गया। वह अपने माता-पिता की एकलौती सन्तान था। मुझसे सुनकर दमयन्ती ने भावप्रवणता में कहा— वैसी एक-एक लड़की के लिए कई अच्छे होनहार लड़कों की जिन्दगी बिगड़ी है, पता है मुझे। तब न कहती हूँ प्रवीर के लिए कोई अच्छी-सी ओड़िआ लड़की तलाशो। पर ओड़िआ लड़कियों को कितनी जानती है दमयन्ती? उन्हीं में भी तो कई श्रीला मजुमदार होती हैं? दुर्भाग्य से ही उन जैसी लड़कियों से कोई प्यार करने लगता है। फिर भी दमयन्ती में वह विश्वास बना रहे—मैंने आगे कुछ नहीं कहा।

रवीन्द्रनाथ ने लिखा है—"भालोबासा यदि अपराध हए ता हले आमि अपराधी। तबे, जानि तार लागि जीवन आमार सुन्दरतर हबे!" प्रेम जीवन को सुन्दर, सुगन्ध सुवासित कर देता है। श्रीला और साधन के प्रेम में कहीं कोई दरार रह गयी थी शायद!

सन् 1978 और आज 2008 में कई बदलाव आ चुके है। दीर्घ चालीस सालों की धरती पर कैसे-कैसे झंझट आये होंगे? इस बीच मेरी निहायत अपनी मामा (बड़ी माँ), मेरे सर पर जिनका आशीर्वाद का हाथ अहर्निश बना रहा; उसी तरह एक कवि पुरुष मेरे पिताजी, बाल विधवा मेरी बुआ, सब तो एक-एक करके इस संसार से विदा ले चुके। दमयन्ती मुझे एक-एक करके सब पूछ रही थी।

अगला दिन इतवार था। फ्रांस से एक परिचित पर्यटक दम्पत्ति मॉरीशस परिभ्रमण के लिए आये हुए थे। प्रवेश ने माँ से कहा है कि वे कुछेक समन्दरी

छोटे-छोटे टापुओं में घूमने चलेंगे। दिन भर वहीं रहेंगे। खाना-पीना, नाच-गाना सब होगा। मनोरमा आण्टी को भी उन जगहों में घुमाने ले चलेगा, जहाँ समन्दर के साथ सागर में घर्घर नाद करते जलप्रपात दिखाएगा।

इतवार सुबह आठ बजे तक मैं तैयार हो चुकी थी। सुबह से बूँदाबाँदी हो रही थी। मॉरीशस चाय से स्वादिष्ट बिस्किट खाये। उस तरह के बिस्किट मैंने और कहीं खाये थे, याद नहीं! पास वाले मॉल से मेरे लिए खासकर वह बिस्किट दमयन्ती ले आयी थी। रोज सुबह दमयन्ती का पहला काम होता एक विशाल केतली में चाय बनाकर पॉट में रखना। जो जब भी पहुँचे तब उन्हें चाय दी जा सकती है पिछली रात को दमयन्ती ने डॉ. राजेन्द्र प्रसाद मिश्र को भी फोन करके हमारे संग सागर भ्रमण के लिए चलने का अनुरोध किया था। हाल ही में राजेन्द्र बाबू दिल्ली से आकर मॉरीशस विश्व हिन्दी सेक्रेटरियेट में डिप्टी सेक्रेटरी के रूप में पदासीन हुए थे। मेरे मॉरीशस पहुँचने के बाद उन्होंने एक बुद्धिजीवी, शिक्षक, अध्यापक के आयोजित साहित्य अधिवेशन में मुझे अतिथि के रूप में आमन्त्रित करके भव्य सम्मानालंकृत किया। वह खबर मॉरीशस टीवी अखबारों में भी हो आयी थी। राजेन्द्र बाबू एक सोन पपड़ी का पैकेट लेकर दमयन्ती के घर आये थे। तब तक हम सब तैयार बैठे थे। राजेन्द्र बाबू के साथ उनके जे.एन.यू. में पढ़ने के समय से मेरा परिचय था। वे जे.एन.यू. में मेरे एक रिश्तेदार के साथ रहते थे। 1980 की बात है। मैं आकाशवाणी सर्वभाषा कवि सम्मेलन के लिए दिल्ली में थी। उस समय राजेन्द्र बाबू हिन्दी भाषा साहित्य के छात्र थे। सुदूर राइरंगपुर (ओड़िशा) में उनका अपना मकान है। वहाँ से आकर दिल्ली में रहकर पढ़ाई करना कोई सामान्य बात नहीं है। मेरे साथ उनका परिचय होने के पश्चात उन्होंने मेरी कविताओं का अनुवाद किया। बाद में वे अनूदित कविताएँ संकलित होकर वाणी प्रकाशन के द्वारा प्रकाशित हुई हैं। सन् अस्सी से राजेन्द्र बाबू के साथ मेरा सम्बन्ध है। इस बीच राजेन्द्र बाबू एनटीपीसी से आकर मॉरीशस में नियुक्त हुए हैं। नजर से दूर दिल्ली, जहाँ राजेन्द्र की पत्नी और बेटी रचना है। राजेन्द्र बाबू व्यक्तित्व के बेहद सरल हैं। दमयन्ती ने राजेन्द्र को चाय दी। राजेन्द्र बाबू को चलती गैजट कहना कोई भूल नहीं होगी। क्योंकि वैसी कोई खबर है नहीं जो उन्हें मालूम न हो। सभी खबर उनके पास मौजूद हैं। सबकी सहायता करना उनके व्यक्तित्व की एक विशेष है।

गाड़ी पहुँच चुकी थी। टूरिस्ट की बड़ी-सी गाड़ी। हमारे साथ वह फ्रांसीसी परिवार भी है, उनकी सात साल की बेटी काफी सुन्दर है। पुतली की भाँति डीलडौल। अंग्रेजी समझती नहीं थी। पर सब कुछ जानने का आग्रह था उसमें।

माँ-बाप, पाँच साल का छोटा बेटा। अभी-अभी खेल-स्कूल में भर्ती हुआ है। वे परिवार सहित छुट्टी मनाने मॉरीशस आये हुए हैं। सुन्दर सुदृश्य टूरिस्ट बस। पिछले साल दो टूरिस्ट बस खरीदी हैं दमयन्ती के बेटे प्रवेश ने। बाहर काफी ठंड है। स्वेटर, मोजे से खुद को ढके चलना होगा। बीच-बीच में ठंड के साथ-साथ वर्षा भी हो रही है। पर तत्काल आसमाँ साफ भी हो जाता है। धूप वर्षा की आँखमिचौली में से हमारी गाड़ी आगे बढ़ती जा रही थी। दोनों ओर ईख की विस्तीर्ण खेती नजर आ रही थी। कहीं भी एक खाली खुली जगह नजर नहीं आयी। सुन्दर चित्रों की भाँति मकानों को दिखाती जा रही थी दमयन्ती...यह है 'रोजहिल्' । यहाँ मेरा बचपन बीता है। अब वह मकान वैसे ही है कोई उसमें नहीं रहता। पिताजी, माँ के देहान्त के पश्चात बड़ी बहन लन्दन में रहा करती है। जब कभी आती है तब उस मकान में चलह-पहल हो उठती है। बाकी समय एक केयर टेकर है निगरानी के लिए। मैंने सोचा, हर मकान की तकदीर में यही लिखा हुआ होता है। अकेला, निःसंग। इनसान क्या-क्या कष्ट नहीं उठाता है। एक मकान बनवाने के लिए। कभी-कभी वह घर भी तो टुकड़ों में बँट जाता हैं जिसने त्याग करके बनाया होता है वही एक दिन दीवार पर टँगा तैलचित्र बन जाता है। उस पर न साफ किये जाने वाले जाले चिपके हुए होते हैं। दमयन्ती बता रही थी उसके पिताजी के दादाजी जयपुर, उदयपुर से मॉरीशस आये थे। पुरुषानुक्रम में रोजहिल में मकान बनाकर रहा करते थे। अब तो और भी रिश्तेदार मॉरीशस की अलग-अलग जगहों में आ बसे हैं।

दीर्घ दो घण्टों के बाद हम लोग गन्तव्य स्थल पर पहुँचे। समुद्र की अनन्त जलराशि, उसी में अनगिनत पावर बोट और छोटे-छोटे स्टीमरों का मेला। स्टीमर या बोट बुक करने के लिए वहाँ एक दफ्तर में पैसा डिपोजिट करना पड़ता है। कुछ समय में प्रवेश बोट बुक करके लौटा। हम सभी तट तक आ गये। समुद्र यात्रा के लिए शलवार-कमीज या छोटे शट्स पहन लेने की जरूरत होती है। मैं साड़ी में थी। उससे दिक्कत होगी, यही मुझसे दमयन्ती बार-बार कह रही थी। मैं तो साड़ी की अभ्यासी थी। बोट पर चढ़ आने में मुझे कोई असुविधा नहीं होगी। पैर फिसलेगा नहीं। ड्राइवर का सीट बीच में था। खुला रेस बोट! मैं उस तरह खुली डोंगी में बैठने की आदी नहीं थी। हमारे गाँव में सुवर्ण रेखा के तट पर अनेक बड़े-बड़े बोट लंगर डाले हुए होते हैं। ऊपर से ढके। मैं तो पहले अड़चन में आ फँसी। आठ सीटों वाला बोट। सभी बोट की किनारी पर जम गये। मॉरीशस का लोक संगीत बज रहा था। उस संगीत की मूर्च्छना में दमयन्ती के बेटा-बेटी, दामाद और वह प्रवासी दम्पति आनन्द

विह्वलित होते जा रहे थे। धीरे-धीरे बोट की गति के साथ ताल मिलाकर धुन भी लयबद्ध होता जा रहा था। समुद्र के बीचोंबीच तब हमारा बोट था। ड्राइवर ने गति तेज कर दी तो मैंने घबराकर दमयन्ती से वैसे तेज न चलाने को ड्राइवर से कहने को कहा। हमारे बोट के साथ दूसरे बोट भी भागे जा रहे थे। कोई-कोई तो आकाश छत में समुद्र के ऊपर उड़ते नजर आ रहे हैं। चारों ओर अनन्त समुद्र घेर कर है। क्षितिज दूर नजर आ रहा है। तट से तब तक हम लगभग दस किलोमीटर भीतर आ चुके थे और कुछ ही देर में हम जलप्रपात के पास पहुँच जाएँगे। उसके बाद उसी के निकट एक छोटे-से टापू पर हमारे खान पान की व्यवस्था हुई है। जलपात के पहले वहाँ समुद्र सँकरा गया है, वैसा लगा। दोनों ओर पहाड़ दीवारों की भाँति हैं। पहाड़ी पर बड़े-बड़े दरख्त। एक ने बताया कि यहाँ सार्क होते हैं। कभी-कभी तो बोट तक को पलट देते हैं। पर वह हादसा कभी-कभार होता है। मन ही मन मैं सन्त्रस्त होने लगी।

यदि वैसी कुछ अनहोनी घटित हो जाती है तब तो मॉरीशस की यात्रा अन्तिम यात्रा बन जाएगी। अपनी धरती से दूर विदेशी जमीन पर कुछ वैसा घटित हो जाए तो वहाँ कौन है? सामने जलप्रपात पहाड़ के शिखर प्रदेश से तेजी से उल्लम्फित हो नीचे आ रहा है। अप्रतिम मनोमुग्धकर था वह दृश्य। पर मैंने खुशी-खुशी नहीं आतंकित आँखों से उसे देखा। मेरे वीडियो कैमरे में तसवीरें भी लीं, निष्प्राण के समान। बोट की गति वहाँ सामान्य मन्थर हो गयी थी शायद! उस दिन आकाश में बादल छाये हुए थे। सूर्य किरण सागर की सतह पर चमक रही थी। तब एक बज रहा होगा। बोट समुद्र में एक स्थल भाग, जिसे टापू कहना सही होगा, वहाँ तक आया। गहन घना अरण्य। जंगल के बीचोंबीच गेस्ट हाउस, रेस्टोरेंट आदि हैं। पर्यटक गण धूप सेंकते सागर तट पर चित लेटे हुए हैं। एक आध कोई किताब लिए पढ़ भी रहे हैं। छोटे-छोटे बच्चे खेलने में मस्त हैं।

बड़े-बड़े तन्दूर चूल्हों में खाना पकाया जा रहा है। खाने के लिए पहले से ऑर्डर देना पड़ता है। कितनों को खाना है, क्या-क्या खाना है, बताना पड़ता है। समुद्री मछलियों के तले जाने की महक से वह जगह परिपूर्ण थी। वहाँ ज्यादातर टूरिस्ट पहुँचा करते हैं। खाना-पीना समाप्त होने पर वहाँ की आदिवासी लड़कियों का नृत्यगीत काफी उपभोग्य है। वे लड़कियाँ सामान्यतः साउथ अफ्रीकन होती हैं। वहाँ समुद्र गम्भीर नहीं है। समुद्र तट पर कौड़ी, सीपी आदि मैं और दमयन्ती बटोरने लगीं। खान-पान होते-होते पाँच बज चुका था। अब लौटना होगा। सभी बोट किनारे लंगर डाले इन्तजार में हैं। फ्रांस से आये दम्पत्ति खाना खा लेने के बाद फिर समन्दर में नहाने के लिए दाखिल हो गये। बेटा-बेटी दोनों स्वीमिंग सूट

मॉरीशस विश्वविद्यालय के रीडिंगरूम में लेखिका

में बार-बार पानी में उतरने की इच्छा कर रहे थे। काफी ठंड थी। फिर भी, इतना नहाने पर भी उन्हें ठंड नहीं लगता है। चलते समय सबके मन में जो उच्छ्वास था, उसकी जगह अब क्लान्ति लेने लगी थी। हम लौटना चाहते थे। मॉरीशस में सात बजे शाम ढलती है। हम शाम के पहले वापस आ गये। दमयन्ती ने कहा, आज मौसम अच्छा था, उसी से समन्दर के अन्दर जाया जा सका। वर्षा के समय समन्दर के अन्दर कोई बोट नहीं ले जाता है। झड़ तूफान में कभी-कभार समुद्र काफी अशान्त हो जाता है। वात्या के पवन के कारण लोग दरवाजे बन्द करके घर पर रहा करते हैं। वैसा मौसम लगभग जनवरी से मार्च तक रहता है। तब मॉरीशस में गर्मी का मौसम था। शीत जून से अक्तूबर तक होता है। उस समय विश्व के हर कोने से टूरिस्ट आया करते हैं।

रात के समय दमयन्ती के बेटा-बेटी रोटी नहीं खाते हैं। वे सामान्यतः भात खाना पसन्द करते हैं। खाने के समय दमयन्ती ने गप का पिटारा ही खोल दिया। उसी वक्त बेटी का दिल्ली से फोन किया। तबीयत के बारे में पूछा। तब मॉरीशस में रात के दस बज रहे थे और भारत में बारह। दिन भर की थकान के कारण आँखों में नींद भरती जा रही थी। बोझिल आँखें पर दमयन्ती की बातें खत्म ही नहीं हो रही थीं। दूसरे दिन के लिए कार्यक्रम दयमन्ती ने निश्चित करके रखा था। बॉटानिकल गार्डन और टैगोर इंस्टीट्यूट दोनों जगह दूर-दूर हैं। वहाँ चलना होगा। रात को शुभरात्रि कह कर मैं सोने चली गयी।

बॉटानिकल गार्डेन मॉरीशस में एक उल्लेखनीय जगह है। शताधिक वर्षों के दरख्त वहाँ मौजूद हैं। पद्म और कुईं के पोखर हैं। कच्छप, हिरनों का मेला-सा है। तरह-तरह के बाँस, ईख पिराई का मौसम। सबमें मॉरीशस अपूर्व है, अनिर्वचनीय है।

❑❑